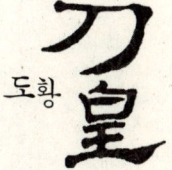

도황 刀皇

청산 新무협 판타지 소설
FANTASTIC ORIENTAL HEROES

도황 6

청산 新무협 판타지 소설

초판 1쇄 찍은 날 § 2011년 4월 27일
초판 1쇄 펴낸 날 § 2011년 5월 4일

지은이 § 청산
펴낸이 § 서경석

총괄팀장 § 유경화
편집책임 § 어정원
편집 § 주소영

펴낸곳 § 도서출판 청어람
등록번호 § 제1081-1-89호
등록일자 § 1999. 5. 31
어람번호 § 제2-2083호

주소 § 경기도 부천시 원미구 심곡2동 163-2 서경B/D 3F (우) 420-822
전화 § 032-656-4452팩스 § 032-656-4453
http://www.chungeoram.com
E-mail § chungeoram@chungeoram.com

ⓒ 청산, 2010

ISBN 978-89-251-2500-8 04810
ISBN 978-89-251-2329-5 (세트)

FANTASTIC ORIENTAL HEROES

청산 新무협 판타지 소설

刀皇

6

[완결]

도 황

도서출판

청어람

目次

第五十一章
절대비학의 위력

刀皇
1

햇불을 밝혀 든 흑마지의 농노들이 구름처럼 몰려들었다.

농노들의 운집은 천외마국의 엄격한 율법에 따른 인해전술이었다. 논과 들판을 뒤덮는 엄청난 인파와 수만 개의 햇불로 인해 천외마국의 밤은 더 이상 어두울 수가 없었다.

농노들의 머리 위를 비월하던 도영과 강문약은 점점 난감해졌다.

지표를 새까맣게 뒤덮은 농노들 때문에 잠시 숨을 돌리기 위해 내려설 자리도 찾아내기가 쉽지 않았다.

농노들은 침입자들이 머리 위로 날아드는 것을 보면서도 미동도 하지 않았다. 행여 두려움 때문에 물러서거나 피했다가는 혹독한 형벌을 받기에 밀집대형을 유지해야만 했다.

표풍비운술이 아무리 뛰어난 경공 절기라 해도 새가 아닌 이상 마냥 허공에 떠 있을 수는 없었다.

그렇다고 무공 한 초식 모르는 농노들을 상대로 살수를 전개할 수도 없는 일이었다.

"제가 해결하겠습니다."

강문약은 몸을 회전시켜 내려서면서 양손을 천천히 밀어냈다.

잠밀문의 절기 중 하나인 무유진기(武柔眞氣).

상대에게 전혀 상처를 입히지 않는 독특한 강기였다. 농노들은 부드러운 힘에 밀려 두 사람이 내려설 공간을 내줄 수밖에 없었다.

밭이랑 위로 내려선 도영과 강문약은 급히 진기를 순환시켜 기력을 회복했다.

이를 본 농노들이 횃불을 밝혀 든 채 달려들었다. 병기 한 자루 없는 그들이었지만 침입자들에게 내려설 공간을 제공해 주지 않으려는 그들의 육신이 곧 병기였다.

"불쌍한 사람들이니 해치지 마세요."

강문약은 도영이 행여 농노들을 해칠까 우려해 재차 무유진기로 농노들의 접근을 저지했다.

순간 어둠 저편에서 잇단 비명성이 터지며 농노들이 속속 쓰러졌다. 강문약이 자비를 베풀어 농노들을 해치지 않으려

했지만 그녀의 온정은 의미가 없었다.

농도들은 강문약의 무유진기에 밀려 침입자들이 내려설 공간을 내주었다는 죄로 가차없이 죽임을 당하게 된 것이다.

사위로 수천의 마병이 몰려들면서 농노들은 외곽으로 빠져나갔다. 그 와중에 수백의 농노가 핏물 속에 쓰러졌다.

도영은 천외마국의 잔혹한 탄압에 지그시 이를 깨물었다.

"이곳은 인세가 아니라 지옥이군."

그로서는 차라리 마병들에게 포위되는 것이 더 나았다. 상대가 마병들이라면 조금도 주저하지 않고 칼을 휘두를 수 있기 때문이었다.

강문약은 탈출을 우선적으로 생각하고 있기에 마병들과 격돌하려는 도영을 제지했다.

"사형, 마병 수십 명을 죽이는 것은 의미가 없습니다. 흑마지에서 벗어나는 것이 급선무이니 감정을 자제하세요."

"인간 방벽 때문에 빠져나갈 길이 없잖아?"

"싸움은 최대한 피하세요. 천외마국의 경계인 동백림에 이르면 탈출이 가능합니다."

강문약은 도영의 소매를 이끌며 허공으로 솟구쳐 올랐다.

그러자 마병들이 동료들의 어깨를 밟고 올라섰다.

이단, 삼단, 사단, 오단······.

전면을 막아선 수백 명의 마병은 계속적으로 동료의 어깨를 밟고 서며 엄청난 인간 방벽을 형성했다.

도영은 천외마국에 대한 적개심이 대단하기에 더는 감정을 자제할 수가 없었다.

"내가 뚫겠다!"

앞으로 나선 도영은 여명도를 뽑아 들었다. 여명도에 진기가 주입되자 칼끝을 통해 도기가 치솟아올랐고, 도영의 몸에서 눈부신 광휘가 뿜어져 나왔다.

"차앗!"

두 손으로 여명도를 감싸 쥔 도영은 칼과 한 몸이 되어 인간 방벽을 향해 날아들었다.

도신합일(刀身合一)!

은천야우칠절식에는 없는 수법이지만 오랜 세월 도법을 수련하면서 저절로 터득한 상승 절기였다.

광휘를 이끌며 날아가는 도영의 모습은 흡사 밤하늘을 가로지르며 추락하는 거대한 유성처럼 압도적이었다.

칠 장 높이로 인간 방벽을 형성한 마병들은 서로의 병기를 곧추세운 채 방어에만 주력했다. 상부의 지시 때문에 맞서 싸울 수 없는 그들로서는 육탄으로 저지할 수밖에 없었던 것이다.

도영은 여명도에 공력을 배가시켰다.

번— 쩍!

강력한 도기가 번갯불처럼 뻗어나가며 마병들을 강타했다. 엄청난 폭음이 터지며 인간 방벽이 붕괴되었다. 대번에 수십 명이 폭사하면서 피와 살점이 사위로 비산하였다.

강문약은 참혹한 살상에 심정이 무거웠지만 어쩔 수 없는 상황임을 자위하며 도영의 뒤를 따랐다.

인간 방벽을 돌파한 도영은 몰려드는 마병들을 향해 여명도를 휘둘렀다.

"차앗!"

쾌도 무풍섬이 전개되자 싸늘한 죽음의 빛이 흐르는 가운데 마병 십수 명이 동강났다. 그의 칼이 번득일 때마다 마병들은 속속 나가동그라졌다.

도영 옆으로 내려선 강문약이 탈출을 재촉했다.

"됐어요. 어서 가요!"

도영에 의해 포위망 일각이 허물어진 상태였기에 두 사람은 표풍비운술을 전개해 비월할 수가 있었다.

마병들 외곽으로 농노들이 포진해 있었지만 포위망이 워낙 넓다 보니 인해전술의 위력이 현저하게 떨어졌다.

도영과 강문약은 논두렁을 찍고는 재차 솟구쳐 농도들의 머리 위를 넘어갔다. 농노들이 밝힌 횃불을 등진 두 사람은 칠흑 같은 어둠 속을 향해 달려갔다.

뒤미처 날아든 네 명의 마상이 추격을 명했다.

"간방(艮方)으로 도주했다!"

"어서 저지하라!"

마병들은 거대한 물결이 몰려가듯 추격에 나섰다.

곧이어 태극마공과 문창마공이 흑마지에 이르렀다.

바닥에 널브러져 있는 마병들의 시체를 쓸어본 태극마공이 떨떠름한 표정을 지었다.

"도 상공의 무공은 절세적이오. 본 천 마병들이 전력을 다해도 저지하기 어려운데 병기 사용을 금하면 도 상공의 탈출을 막아내기가 불가하오."

"그렇다고 본 국을 계승할 존귀한 신분을 어찌 해칠 수 있겠는가?"

"지금은 도 상공의 탈출을 저지하는 것이 우선이외다!"

태극마공의 강한 주장에 문창마공은 잠시 고심하다가 고개를 끄덕였다.

"병기 사용을 허락하겠네. 부상을 입혀도 좋으니 사대마상은 반드시 도 상공을 제압하게나."

전 백금마상이 도영에 의해 피살되면서 새로 선임된 백금마상은 귀명마공을 수행해 혈훼궁 공략에 출전했다. 그렇기에 마국 내에는 네 명의 마상만 남은 상태다.

사대마상이 추격에 나서자 문창마공은 심각한 표정으로 수염을 거머쥐었다.

"도 상공을 추포한다고 해도 문제로군. 이번 사태는 천외마국을 계승할 적통의 신분에 커다란 흠결일세."

태극마공이 주변을 살피고는 넌지시 물었다.

"전하의 의지를 바꿀 수는 없겠소?"

"쉽지 않네. 혈통에 대한 전하의 집착이 대단하시지. 물론 당연한 현상이지만… 그로 인해 본 국이 백 년 전과 같은 분열의 위기에 처할 수 있음일세."

"전하의 의지가 그러하시다면 금마궁 친위대의 지원이 절실하외다."

"친위대까지 동원하잔 말인가?"

"만일 도 상공의 탈출을 저지하지 못하면 우리 모두 전하의 진노를 면치 못할 것이 아니요?"

태극마공의 의도는 천외마국 전체에 책임을 돌려 조금이라도 자신의 지위를 보전하려는 데 있었다.

문창마공은 무거운 한숨을 내쉬었다.

"마국의 계승자가 훗날 자신을 경호할 친위대와 격돌해야 하다니……."

천마성왕의 신임이 두터운 그였지만 책임에서는 자유로울 수 없기에 결국 태극마공의 의견을 수용했다.

허리춤에서 폭죽을 꺼내 든 그는 허공을 향해 쏘아 올렸다.

퍼엉……!

폭죽이 터지면서 찬란한 금빛 불꽃이 화려하게 허공을 수놓았다. 이는 천외마국에서 가장 중대한 사태가 발발했을 때나 사용할 수 있는 위급 경보로 금마궁을 수호하는 친위대를 호출할 수 있다.

"가세."

두 마공은 곧바로 밤하늘을 가로질러 천외마국의 경계로 날아갔다.

차차창!

탈출하려는 자와 이를 저지하려는 자들의 치열한 접전이 전개되고 있었다.

사대마상은 순차적으로 도영을 향해 공격을 펼치고는 물러섰다. 도영의 기력을 소진시키기 위한 차륜전이었다. 청목마상은 이미 도영과 수차례 격돌한 적이 있었기에 공격이 아주 조심스러웠다.

도영은 사대마상의 공세를 격파하면서 전진했고, 강문약은 배후에서 달려드는 마령(魔令)들과 마병들을 저지했다.

폭음이 터질 때마다 마상들이 튕겨지고 마병들이 쓰러졌지만 포위망은 좀처럼 뚫리지 않았다. 마병들의 숫자가 워낙 많다 보니 백여 명의 마병이 쓰러졌어도 전혀 표가 나지 않았다.

강문약은 배후로 접근해 오는 마병들을 막아내며 전음으로 말했다.

[사형, 제가 한 가지 구결을 말씀드리겠습니다. 다소 위험하지만 저들의 포위망을 돌파하기 위해서는 어쩔 수 없습니다.]

강문약은 십육절의 구결을 빠른 어조로 전수해 주었다.

구결을 뇌리에 새긴 도영이 물었다.

[어떤 구결이냐?]

[승극축지행(昇極縮地行)이라는 신법입니다. 찰나지간 십리를 내달릴 수 있지만 장애물이 있을 경우 치명상을 당할 수 있습니다.]

[알겠다. 장애물은 내가 격파할 테니 뒤를 쫓아와.]

도영은 사대마상의 파상적인 공격을 막아내면서 승극축지행의 구결을 터득하는 데 주력했다.

잠밀문의 최고 비기인 백팔번뇌도를 깨우치면서 그의 오성은 최고조에 이르렀기에 십육절의 구결을 이해하는 데에는 오래 걸리지 않았다.

구결을 충분히 이해한 도영이 여명도에 진기를 집중시켰다.

[됐다.]

도영의 빠른 심득에 강문약은 내심 놀라움을 금치 못했다.

[벌써 깨우치신 겁니까?]

[백팔번뇌보다는 쉽더군.]

도영은 적화마군의 화첨창을 막아내고는 승극축지행을 전개했다.

[가자!]

한 발을 내딛는 순간 눈부신 광휘와 도영의 몸이 빛으로 화했고, 강문약 역시 광휘에 휩싸인 채 그의 뒤를 따랐다.

승극축지행을 전개한 도영은 사물이 뒤틀어진 환각에 빠졌다. 워낙 빠른 속도로 이동하는 과정에서 생기는 착시였다.

마병들의 포위망이 엄청난 속도로 가까워지자 도영은 힘차게 여명도를 내려쳤다.

"뇌천무섬!"

은천야우칠절식 중 다섯 번째 절초가 펼쳐지자 눈부신 섬광이 길게 지표면을 갈랐다.

펴퍼퍽!

마병들은 지표를 가르는 도기에 속절없이 무너졌고, 도영과 강문약은 틈새를 통해 순식간에 사라졌다.

눈부신 광휘가 스러졌을 때는 이미 도영과 강문약이 사라진 상태였다. 수십 장이나 길게 이어진 도기 주변으로 마병들이 널브러져 있었고, 그 주변에 있던 마병들은 어찌 된 영문이지 몰라 서로의 얼굴만 바라보았다.

도영과 강문약이 순식간에 포위망을 뚫고 도주하자 마상들은 소름 끼치는 두려움에 젖었다.

"이, 이게 대체 어떻게 된 건가?"

"대체 무슨 환술을 펼쳤기에 바람처럼 사라질 수 있단 말인가?"

청목마상의 표정이 심하게 일그러졌다.

"환술이 아니라 잠밀문의 비기가 펼쳐진 것이네. 승극축지행이 아닌가 싶군."

잠밀문 출신의 반도답게 그는 승극축지행을 대번에 알아
보았다.

"이미 본 국의 경계에 이르렀을 것이네. 도 상공이 진세마
저 파훼한다면 더는 추격할 수가 없어. 어서 추격하세."

청목마상이 앞서 몸을 날리자 세 명이 마상이 뒤를 따랐고,
어리둥절해 있던 마병들이 그들의 뒤를 이었다.

도영은 처음으로 승극축지행을 펼치다 보니 몸을 세우는
방법을 몰랐다. 시야는 일그러지고 바람 소리는 귀청을 찢고
심장이 터질 듯이 요동쳤다. .

다행히 강문약이 그의 어깨를 쥐며 짤막하게 외쳤다.

"진기를 해소하세요!"

겨우 정신을 차린 도영은 진기를 흩어뜨렸다. 비로소 승극
축지행이 해소되면서 그는 지면을 딛고 내려설 수 있었다.

뒤를 돌아보니 온통 검은색 일색인 흑마지만 보였다. 지평
선 저 멀리 횃불이 몰려오는 것으로 미루어 마병들과의 거리
가 족히 십 리 이상은 되는 듯싶었다.

"이거 굉장한 절기인데?"

도영이 탄성을 토하자 강문약이 주위를 주었다.

"조심해서 펼치셔야 합니다. 만일 도중에 거대한 암석이나
거목과 충돌한다면 분신쇄골을 면치 못합니다."

그녀는 마국의 경계인 동백림을 살피다가 방향을 가리켰
다.

"진세가 또 변화되었군요. 지금은 축시이니 경문(景門)을
통해 들어가 두문(杜門)으로 빠져나가면 됩니다."

강문약 앞서 동백림으로 뛰어들자 이번에는 도영이 그녀
의 뒤를 따랐다. 강문약의 영특함을 익히 알고 있기에 진세를
간파한 그녀의 역량은 새삼 놀라울 일도 아니었다.

도영이 강문약을 따라 전후좌우로 이동하다 보니 어느새
울창한 동백림 밖으로 나설 수 있었다.

도영은 방벽처럼 둘러져 있는 동백림을 돌아보았다.

"이제 천외마국을 벗어난 건가?"

"저들의 마역을 벗어났지만 추격은 계속될 겁니다."

"화우를 데려왔어야 하는데……."

도영이 못내 아쉬워하자 강문약이 온화한 어조로 그를 위
로해 주었다.

"조만간 그럴 날이 올 겁니다. 이제 천외마국의 실체를 알
았으니 저들을 와해시킬 방법을 구상해 보겠습니다."

"그래, 오래 걸리지 않았으면 좋겠다."

도영은 아쉬움을 떨쳐 내고는 강문약과 함께 몸을 솟구쳤
다.

한데 이때였다.

펑— 펑—!

연이어 폭음이 터지며 금빛의 불꽃이 밤하늘을 화려하게 수놓았다. 수림과 바위 뒤에서 무수한 금빛 인영이 튀어나오며 두터운 포위망을 형성했다.

　금빛 갑주에 붉은 피풍의를 두른 마병들.

　철그렁철그렁!

　손에 금빛 쇠사슬을 쥔 마병의 숫자는 족히 백여 명에 달했다. 그들은 밀집대형을 형성한 채 서서히 다가왔다.

　금빛 마병들을 본 강문약의 얼굴에 짙은 그늘이 드리워졌다.

　"금마궁의 친위대들입니다."

　"끈질긴 놈들이군."

　도영이 앞으로 나서자 강문약이 일러주었다.

　"조심하십시오. 금마궁 친위대들은 고통을 느끼지 못하기에 두려움 따위를 모르는 무서운 마병들입니다."

　"나도 두려움 따위는 몰라."

　도영은 다가서는 친위대를 향해 여명도를 휘둘렀다.

　번— 쩍!

　절대쾌도에 근접한 무풍섬이 아찔한 광휘와 함께 발출되었다. 친위대가 손에 쥔 쇠사슬을 서로 교차시키자 거대한 쇠그물이 형성되었다.

　차차창……!

　요란한 쇳소리가 울려 퍼지며 불꽃이 사위로 비산되었다.

쇠사슬과 충돌한 반탄력에 도영은 여명도를 쥔 손이 마비되는 듯한 충격을 느껴야 했다.

'이것 봐라?'

친위대 마병들이 쥔 쇠사슬이 얼마나 강력한지 한 가닥도 베어지지 않았다. 마병들의 갑주에도 약간의 도흔이 새겨졌을 뿐이다.

등 뒤에서 강문약의 우려 섞인 음성이 들려왔다.

"저들의 철삭과 호갑이 만년금철로 제련된 것 같습니다. 이는 전설의 칼과 같은 신병으로만 깨뜨릴 수 있습니다."

촤르륵!

주변을 에워싼 친위대 마병들이 연이어 쇠사슬을 던졌다.

도영은 백변천환으로 쇠사슬을 쳐내며 건곤전도를 구사했다.

퍼퍼펑!

갑주에 적중된 친위대 마병 몇이 나가동그라졌다. 내상을 당해 입에서 피가 흘러나왔지만 마병들은 눈썹 하나 까딱하지 않은 채 다시 일어나 달려들었다.

수십 줄기의 쇠사슬이 어지럽게 교차되면서 도영과 강문약을 압박해 왔다.

이때 강문약이 쇠사슬에 발목이 휘감기며 쓰러졌다.

"흐윽!"

친위대 마병들은 쓰러진 강문약을 향해 재차 쇠사슬을 날렸다.

이를 본 도영이 뛰어들며 여명도를 휘둘렀다.

차차창!

쇠사슬을 쳐낸 도영은 강문약이 제압된 쇠사슬을 끌어당기고 있는 마병을 향해 무풍섬을 전개했다. 마병의 손목이 댕강 잘리며 쇠사슬이 바닥에 떨어졌다.

마병은 손목이 잘렸지만 신음 소리조차 흘리지 않고 조용히 뒤로 물러섰다. 고통을 전혀 느끼지 못하는 그들의 무심함은 또 하나의 공포였다.

쇠사슬을 풀고 일어선 강문약이 침울하게 말했다.

"쓰러지지 않는 자들이니 달리 방법이 없습니다."

"놈들도 불사신은 아니야."

도영은 날아드는 쇠사슬을 쳐내고는 여명도에 진기를 집중해 혈뢰폭을 전개했다.

퍼엉……!

폭음이 터지며 친위대 마병 하나가 폭사하며 쇠사슬도 부서졌다. 역시 은천야우칠절식 중 가장 강력한 초식답게 만년한철로 제작된 갑주를 박살 낸 것이다.

그러나 엄청난 공력이 요구되는 혈뢰폭으로도 고작 한 명을 쓰러뜨렸을 뿐이다.

'놈들을 쓰러뜨리기도 전에 내가 먼저 지쳐서 쓰러지겠군.'

강문약이 도영 옆으로 바싹 붙어 섰다.

"제가 백팔번뇌도로 저들의 포위망을 잠시 허물겠습니다. 그 틈을 노려 탈출하십시오."

도영은 그녀의 제안을 귓등으로 흘려들었다.

"허튼소리 말고 다른 방안을 말해봐!"

또다시 금빛 쇠사슬이 하늘을 뒤덮자 도영은 백변천환을 구사해 연속적으로 쳐냈다.

순간 허공에서 거대한 태극 도형이 풍차처럼 회전하면서 날아들었다.

위이이……!

태극마공의 절기인 태극마강이었다. 바싹 긴장한 도영은 혈뢰폭을 전개해 태극마강을 후려쳤다.

콰아앙……!

엄청난 폭음이 울려 퍼지면서 부서진 강기의 파편들이 사위로 비산되었다. 그 여파로 친위대 마병들 십수 명이 나가동그라졌지만 이내 일어섰다.

도영과 강문약을 가운데 두고 사대마상과 양대마공이 내려섰다.

문창마공은 도영을 향해 정중히 포권을 취했다.

"도 상공, 이만 돌아갑시다."

"……"

"누구나 자신이 서야 할 자리가 있소. 그것이 운명이라면 마다할 이유가 없소."

"내가 천외마국을 계승하게 되면 너희 모두를 죽이게 될 거다."

"권좌에 등극해 명을 내리신다면 노신은 물론이고 본 국의 신민들은 누구도 거역할 수 없소."

문창마공의 당당한 응수에 도영은 차가운 미소를 지었다.

"재미없군. 싸워서 죽여야 할 놈들이 스스로 죽는다면 무슨 의미가 있겠느냐?"

문창마공은 잠시 강문약을 직시하다가 뜻밖의 제안을 내놓았다.

"도 상공이 순순히 귀환하겠다면 저 계집은 살려주겠소."

"……!"

강문약을 힐끗 본 도영은 미심쩍은 눈빛으로 문창마공을 바라보았다.

"그 말을 책임질 수 있느냐?"

"물론이오. 침입자를 놓아준 벌은 노신이 받겠소."

청목마상이 우려의 표정으로 끼어들었다.

"문창마공님, 저 계집은 잠밀문의 후예입니다. 어찌……."

문창마공은 손을 저어 그를 일축했다.

"닥쳐라. 네가 끼어들 자리가 아니다."

청목마상은 목을 움츠리며 뒤로 물러섰다.

도영은 강문약에게 가까이 다가섰다.

"나쁜 제안은 아니다. 사매가 무사할 수 있다면 내가 잠시 천외마국에 머물러 있는 것도 괜찮아."

"어찌 잔악한 자들의 말을 믿으려 하십니까?"

"사매가 무사히 탈출한 것을 내 눈으로 확인하면 돼."

"제가 죽음이 두려웠다면 어찌 마국에 잠입했겠습니까?"

"사매가 온전해야 잠밀문을 재건할 수 있어."

강문약의 눈에 서글픈 눈물이 감돌았다.

"사형이 천외마국의 계승자가 되면… 잠밀문의 재건은 의미가 없습니다."

"일단 사는 게 우선이야."

도영은 물끄러미 그녀를 바라보면서 심어전성술(心語傳聲術)을 펼쳤다.

[함께 탈출할 수 있는 방법을 생각해 봐.]

심어전성술은 입술을 전혀 움직이지 않고 마음으로 상대의 귀에 얘기를 전하는 기묘한 전음술이라 문창마공도 이를 전혀 눈치채지 못했다.

강문약은 탈출 방도를 생각하면서 짐짓 고뇌 어린 표정을 지었다.

"제가 정말 살아남기를 원하십니까?"

"그래. 그래야 적이 되더라도 다시 만날 수 있으니까."

"정 그러시다면……."

강문약은 고개를 숙여 고심하는 모습을 보이며 심어전성

술을 펼쳤다.

　[동시에 백팔번뇌도를 구사하면 탈출이 가능할 수도 있습니다.]

　도영은 여명도에 진기를 주입시키며 고개를 끄덕였다.

　"잘 생각했어."

　문창마공은 두 사람의 대화가 자신의 회유에 응하는 쪽으로 흘러가자 적이 안도했다.

　'일단 도 상공을 모셔갈 수 있겠군.'

　순간 도영과 강문약이 허공으로 치솟아올랐다.

　허공을 딛고 선 강문약은 백팔번뇌도에 몰입해 검무를 추었다.

　삶의 숙명이 검으로 재현된 명도(命圖).

　"공(空)!"

　도영은 그녀와 어울려 칼춤을 추면서 공도(空圖)를 펼쳐 냈다.

　청목마상이 이를 가장 먼저 알아보았다.

　"허억, 백팔번뇌도!"

　두 개의 백팔번뇌도가 동시에 전개되기도 처음 있는 일이었다. 명도와 공도가 어우러지는 순간 사위의 어둠이 소멸되면서 도기와 검기가 교차되었다.

　무형검기가 허공에서 폭우처럼 내리꽂히고 무형도기가 지표를 통해 치솟아오르면서 삼십 장 이내가 거대한 소용돌이에 휩쓸렸다.

심각한 위기를 직감한 양대마공과 사대마상이 쏜살같이
피신했다.

"물러서라!"

그러나 친위대 마병들이 채 물러서기도 전에 지표가 폭발
했다.

콰— 콰쾅!

지표를 뚫고 화산이 터지는 듯한 기세에 친위대 마병들은
가을바람에 구르는 낙엽처럼 나뒹굴었다.

무형도기와 검기가 호갑으로 보호되고 있지 않은 팔다리
로 파고들면서 무수한 마병들이 핏물 속에 잠겼다. 일부는 머
리가 쪼개져 즉사했고 온전한 자들도 호갑을 강타한 무형의
예기에 혼절하기도 했다.

실로 어마어마한 위력에 주변의 수림과 구릉이 붕괴되면
서 지형마저 크게 변모했다.

가히 세상을 바꿀 절대비학의 위력이었다.

가까스로 백팔번뇌도의 사정권에 벗어난 문창마공은 눈앞
에 펼쳐진 대참사에 입을 다물지 못했다.

"이… 이럴 수가!"

도영과 강문약은 어느새 어둠 속으로 사라져 버렸다. 동녘
으로 어슴푸레 여명이 밝아오고 있었지만 지상이 아직 어둡
기에 두 사람이 도주한 방향을 짐작할 수가 없었다.

크게 낙담한 문창마공은 추격 명령도 내리지 않았다.

태극마공이 굳은 표정으로 조심스레 물었다.

"추격해야 하지 않겠소?"

문창마공은 고개를 저으며 몸을 돌렸다.

"돌아가세."

"아니, 어쩌시려고 빈손으로 돌아가자는 거요?"

"지금 쫓아간다고 추포할 수 있는 상황도 못 되네. 차라리 상황을 고하고 전하의 자비를 구하는 것이 낫네."

태극마공은 참혹한 피해를 입은 친위대 마병들을 쓸어보았다.

"공연히 친위대까지 동원한 것 같소."

"아닐세. 어쩌면 친위대의 참패가 전하의 진노를 누그러뜨릴 계기가 될 것이네."

2

천마성왕이 밤을 꼬박 새우기도 드문 경우였다.

그는 도영이 혈마역과 흑마지를 돌파하고 천외마국의 마역을 벗어났다는 보고를 접했지만 내심 즐거워했다. 명색이 천외마국의 계승자가 쉽게 제압돼 끌려왔다면 오히려 크게 실망했을 것이다.

"역시 내 아들답구나. 어떤 환경에서 자라왔던 내 피를 이어받은 아들이 허약할 수는 없지."

천마성왕은 느긋하게 술을 마시며 기다렸다.

친위대가 출동한 이상 도영의 탈출이 저지될 것이기에 우려는 접어도 좋았다.

"녀석은 만상전의 향락에도 무너지지 않았어. 하기는 천하를 지배할 무림의 제왕이 그 정도 향락에 의지가 꺾일 수는 없겠지."

도영의 초절한 무공과 의지가 확인되었기에 이제 무엇으로 그의 마음을 돌려야 하느냐가 천마성왕의 새로운 고민이 되었다.

이때 양대마공이 천마성왕의 집무실로 들어섰다.

천마성왕은 잔잔한 미소를 띠며 양대마공을 가까이 불러 들였다.

"야심한 시각에 수고들 많았소. 한잔씩들 하시오."

천마성왕 앞으로 다가선 양대마공은 털썩 무릎을 꿇고 고개를 조아렸다.

"죽여주십시오, 전하!"

양대마공을 위해 술을 따라주던 천마성왕의 손이 멈칫했다. 대번에 상황을 직감한 천마성왕의 눈에서 강렬한 안광이 폭사되었다.

"이런 무능한!"

문창마공이 서둘러 보고를 올렸다.

"상공의 무공이 그렇듯 강할 줄 몰랐소이다."

"설마 친위대까지 격파되었단 말인가?"

"상공과 침입자 계집이 동시에 백팔번뇌도를 전개하는 순간 친위대 절반이 와해되었소이다. 백팔번뇌도의 위력이 그렇듯 엄청날 줄은 상상도 못했소이다."

"……!"

"전하의 명을 수행하지 못한 속하들을 죽여주시옵소서."

양대마공은 거듭 고개를 조아리고는 처분을 기다렸다.

자리에서 일어선 천마성왕은 뒷짐을 지고는 천천히 걸음을 옮겼다.

창가로 다가선 천마성왕은 여명으로 물든 회색 하늘을 올려보았다.

"백팔번뇌도 앞에 친위대마저 무너졌단 말인가?"

크게 개탄한 천마성왕은 도영의 탈출을 저지하지 못한 분노보다 백발번뇌도에 의해 천외마국의 자랑인 친위대가 격파되었다는 사실에 더 분개했다.

"이래서 잠밀문을 말살시켰어야 하는데!"

그러다 친위대마저 돌파하고 탈출한 도영을 떠올린 그는 감정을 자제했다.

"어쨌거나 내 아들이 백팔번뇌도를 터득했다니 나쁘지는 않군. 잠밀문의 비학과 본 국의 절기가 융합된다면 전무후무한 절기가 창안될 수 있겠어."

몸을 돌린 그는 엄한 표정으로 명을 내렸다.

"내 아들을 반드시 데려와야겠소. 하지만 힘으로 제압할 수 없으니 무풍군을 이용해 추포해야겠소. 즉시 청목마상을 파견시켜 내 명을 전하시오."

"알겠소이다, 전하."

양대마공은 정중히 배례를 올리고는 전각을 나섰다.

목을 감싸 쥔 태극마공이 비로소 안도의 한숨을 내쉬었다.

"후우, 십년감수했소."

"전하께서 강함을 선호하신 덕분일세."

"한데 무풍군의 무공으로 도 상공을 제압할 수 있겠소?"

"도 상공이 무풍군의 정체를 모를 테니 기습으로 제압할 수 있을 것이네."

"그렇다면 다행이지만……."

천마전을 힐끗 돌아본 태극마공이 목소리를 낮추었다.

"한데 무풍군이 과연 도 상공을 계승자로 인정할지 그것이 우려되오."

그러자 문창마공이 눈빛을 발하며 일축했다.

"입 다물게. 그런 생각조차 전하에 대한 불충일세."

천마전을 나선 문창마공은 자신의 전각으로 향하며 지시를 내렸다.

"청목마상을 내 처소로 들이게. 전하의 명을 전하겠네."

"알겠소."

청목마상의 처소로 향하는 태극마공의 발걸음이 무거웠다. 그는 도영이 천외마국을 계승할 적통이라는 사실이 불안했고 탐탁찮았다.

'계승자의 지위를 손에 쥔 무풍군이 순순히 전하의 명을 따르지 않을 수도 있어. 나도 잘 처신해야겠군.'

어슴푸레한 여명 빛이 금화전으로 스며들고 있었다.

무릎을 꿇은 채 밤새 치성을 올리고 있는 화후의 뒤로 시비인 정향이 다가섰다.

"마마, 상공님께서 탈출에 성공하셨다고 합니다."

정향의 보고에 화후는 눈물을 흘리며 천지신명에게 절을 올렸다.

"감사하옵니다. 부디 도영이 마에 물들지 않도록 보살펴 주십시오."

자신의 아들이 차라리 천민으로 살아갈지언정 마국의 계승자가 되지 않기를 바란 화후였기에 도영의 탈출은 그녀에게 있어 가슴 뜨거운 감동이 아닐 수 없었다.

"도영아, 네가 마국의 계승을 거부했으니 이제 이 어미는 죽어도 여한이 없구나."

천민 부락에 어린 핏덩이를 맡긴 이후 이십수 년 동안 우려와 그리움에 사무쳤던 화후는 아들과 해후했기에 이제는 원도 한도 없었다.

그러다 문득 아들이 위험을 무릅쓰고 자신을 찾아온 연유를 떠올린 그녀는 가슴이 무거워졌다.

'도 은공……'

천민 중에서도 가장 천시되는 인간 백정 도치.

하지만 화후에게 있어서는 자신과 어린 핏덩이를 구해준 은인이기에 세상 누구보다 소중한 존재였다.

"겨우 한 번의 식사와 발을 씻겨드리는 것밖에 보답하지 못했는데… 그런 은공께서 눈과 귀가 멀었다니 모두 내 죄다."

헤어진 지 이십삼 년.

한데도 혼몽 속에서 오로지 자신을 기억하고 있다는 도영의 얘기에 화후는 가슴이 저리도록 아팠다.

"도 은공, 어찌 부디 죄 많은 계집을 더욱 송구하게 만드시는 겁니까? 부디 신지를 차리시고 도영을 돌봐주십시오. 도영은… 도 은공의 자식입니다."

3

천외마국의 마역을 벗어나서인지 아침 햇살이 선연했다.

도영과 강문약은 추격의 기미가 전혀 없자 신법을 멈춰 세우고는 잠시 휴식을 취했다.

주변을 둘러본 강문약은 매복이 없음을 확인하고는 비로

소 안도의 한숨을 내쉬었다.

"천외마국의 추격에서 완전히 벗어난 것 같습니다."

도영은 막상 천외마국에서 탈출했지만 심정이 편치 않았다. 본래 그의 목적이 화우를 찾아 데려오는 것이었기에 자신의 탈출은 의미가 없었다.

그의 속내를 헤아린 강문약이 부드럽게 달래주었다.

"사형은 실망스럽겠지만 저는 사형과 탈출할 수 있어 기쁩니다."

"사매가 기쁘다니 다행이군."

"사형도 도백에게 기쁜 소식을 전할 수 있지 않습니까?"

"화우만을 기억하는 도부가 무엇을 알아들을 수 있겠어?"

도영이 심드렁하게 응수하자 강문약이 담담한 미소를 지었다.

"도백의 상세가 무척 호전됐습니다. 완서 언니 덕분에 이제는 접촉을 해도 과민 반응을 보이지 않으세요. 어쩌면 사형의 체취나 손길을 기억할 수도 있어요."

도치의 광증이 호전되었다니 다행이지만 도영은 도치가 자신을 알아보지 못했다는 실망감이 컸기에 크게 기대는 하지 않았다.

"이럴 줄 알았으면 화우의 체취가 밴 손수건이라도 가져올 것 그랬어. 도부의 기억을 회복시키는 데 도움이 될 텐데."

"너무 상심하지 마세요, 사형. 화우의 존재가 확인됐으니 이제는 도백과의 재회를 기대할 수 있지 않습니까? 그것만으로도 커다란 소득입니다."

강문약의 거듭된 위로에 도영도 기분을 풀었다.

"그래, 생각해 보니 많은 것을 얻었어. 도부가 화우의 소식을 무척 기다릴 거다. 어서 가자."

허공으로 솟구친 두 사람은 표풍비운술을 전개해 동북방 하늘로 날아갔다.

도영은 단아한 모습의 화우를 떠올리며 마음속으로 다짐했다.

'나를 위해서… 아니, 도부를 위해서라도 제발 무사하시오. 악의 세상에서 꼭 구해주겠소… 어머니.'

第五十二章
또 하나의 패(霸)도 쓰러지고

刀皇
1

무산 상운곡.

계곡 입구에 자연적인 호수가 형성돼 있어 일반인들이 계곡 안쪽까지 접근하기가 쉽지 않았다.

운 좋게 호수를 건넌다 해도 계곡 내의 짙은 운무는 사철 스러지지 않기에 그저 그 속을 헤맬 뿐이다. 하기에 계곡 안쪽으로 혈훼궁이 존재한다는 사실을 아는 사람은 극히 드물었다.

한데 혈훼궁 제자들 외에 좀처럼 외부인의 발길이 닿지 않는 이곳에 수백 명이 몰려들었다.

선발대가 호수 위에 부교를 설치하자 견갑을 두르고 손에 창을 쥔 무사들이 빠른 속도로 부교를 건너 상운곡 깊숙이 들어섰다.

안색이 창백할 만큼 흰 그들은 다름 아닌 천외마국의 백금대였다.

백금대 마병들은 부교를 통해 건넜지만 그들을 지휘하는 세 사람은 해연약파의 신법으로 수면을 밟고 건너뛰었다.

왼쪽의 노인은 귀신탈을 쓴 듯한 흉측한 용모의 소유자였다. 노인은 음산한 분위기의 회색 장포를 걸쳤고 허리에 차를 차고 있었다.

바로 천외마국의 삼공 중 하나인 귀명마공.

우측의 중년인은 기골이 장대하고 꿈틀거리는 근육은 병기도 뚫지 못할 만큼 단단해 보였다. 가슴에 호심경을 찼고 손에는 장창을 쥐었다.

백금대의 전 수장이 도영에 의해 참살을 당했기에 그가 새로이 백금마상에 오르게 되었다.

좌우로 귀명마공과 백금마상을 대동한 인물은 화려한 금포청년이었다.

청년은 여인을 방불케 할 수려한 용모의 소유자로 입가에는 타고난 오만함이 서린 미소가 새겨져 있었다. 그의 허리춤에는 자색 보검이 매달려 있었다.

천마성왕의 직전제자이며 계승 서열 첫 번째인 무풍군.

그는 다른 이름으로 세상에 널리 알려져 있지만 그가 천외마국의 소속임은 극비다.

백금대의 선발조가 짙은 운무 앞에 이르자 안개 속에서 무수한 암기가 쏟아졌다.

마병들은 바람개비처럼 창을 휘둘러 암기를 막아냈다.

퍼퍼퍽!

마병 몇몇이 암기에 적중돼 쓰러졌지만 백금대 마병들은 당황하거나 물러서지 않았다. 상전의 명령이 없는 한 함부로 퇴각할 수 없는 것이 천외마국의 엄한 율법이었다.

이때 백금마상이 마병들 머리 위로 날아들며 창을 내던졌다.

"물러서라!"

은빛 장창은 차가운 불꽃을 발하며 자욱한 운무 속으로 내리꽂혔다.

콰아앙!

엄청난 폭음과 함께 여인들의 처절한 비명 소리가 흘러나왔다. 강력한 공격에 진세 일부가 허물어지면서 운무가 흩어졌다.

바닥으로 십여 명의 여인무사들이 피를 흘리면 널브러져 있었다. 혈훼궁의 경비무사들이었다.

백금마상은 진기를 발출해 바닥에 꽂혀 있는 자신의 장창을 끌어들였다.

진세가 파훼되자 무풍군과 귀명마공이 앞으로 나섰다.

무풍군은 아직도 운무에 싸여 있는 계곡 안쪽을 향해 점잖게 말했다.

"난 천외마국의 무풍군이다. 어서 너희들의 궁주인 주작혈후에게 영접을 나오라 전해라."

그러자 운무 속에서 냉랭한 음성이 들려왔다.

"홍, 천외마국의 악도들이 감히 어디서……."

순간 귀명마공이 허리춤의 칼을 쥐었다. 얼마나 빠른 쾌도가 전개되었는지 칼이 회수되고서야 섬광이 번득였다.

운무 속에서 쓰러지는 소리가 들려왔다. 귀명마공은 보이지도 않는 상대를 정확히 찾아내 목을 벤 것이다.

귀명마공이 한기가 풀풀 날리는 어조로 말했다.

"길게 얘기할 것 없소."

"훗, 역시 귀명마공다운 방식이로군."

무풍군은 백금마상에게 지시를 내렸다.

"진세를 파훼하라!"

"예, 소군(小君)."

백금마상은 진세를 전문적으로 파훼하는 파문조(破門組)를 출동시켰다. 그들은 진세와 기관장치를 전문적으로 설치하거나 격파하는 부대로 기문둔갑과 구궁오행에 능했다.

진세 안으로 뛰어든 파문조 마병들이 차례로 기물을 제거하자 자욱하던 운무가 서서히 사라졌다. 진세가 완전히 파훼되면서 계곡의 전모가 드러났다.

"진입로를 확보하라!"

백금마상의 명이 떨어지자 서른 명의 마병이 계곡 안으로 진입했다. 그들의 임무는 행여 있을 매복이나 함정을 제거해 본대의 안전한 진군을 지원하는 데 있었다.

진입로가 확보되자 무풍군은 귀명마공과 백금마상을 대동해 안으로 들어섰다.

갑자기 시야가 획 트이면서 푸른 하늘과 높은 봉우리가 보였다. 봉우리 사면을 따라 나선형 계단이 형성돼 있는데 계단 중간에 구름이 덮여 있어 마치 새외비경처럼 보였다.

무풍군은 봉우리 위에 세워진 혈훼궁을 올려보며 탄성을 토했다.

"대단해. 아주 멋진 곳이군."

귀명마공이 건조한 음성으로 말을 받았다.

"그저 괴멸시켜야 무리의 소굴에 불과할 뿐이오."

"우리는 목표는 혈훼궁 반도들의 몰살이오. 본 국의 별궁으로 삼기에 부족함이 없으니 파괴는 삼가시오."

봉우리 아래로는 공간이 협소해 격돌을 전개할 장소로는 마땅치 않았다.

천외마국 마병들은 서른 명씩 조를 이루어 나선형 계단을 따라 달려 올라갔다. 계단이 비좁고 경사가 급하기에 수백 명의 마병들이 일시에 진군했다가는 기습에 대비하기가 어렵기 때문이었다.

백금대 제일조는 나선형 계단을 돌아 봉우리 중턱까지 올라갔다. 그들의 모습은 봉우리 아래에서 분명하게 올려다보였다.

제일조의 마병들이 봉우리 허리에 걸려 있는 구름 속으로 뛰어들자 잠시 시야에서 사라졌다. 한데 한 바퀴 돌았어야 할 시간이 지났는데도 제일조 마병들은 모습을 드러내지 않았다.

격돌이 전개되었다면 폭음과 고함이라도 들려왔어야 하는데 그런 소음도 전혀 없었다.

봉우리를 올려보던 무풍군이 눈을 가늘게 떴다.

"모두 죽었군."

놀랍게도 그의 예상이 틀리지 않았다.

구름에 가려진 나선형 계단 속에서 둥근 물체가 연이어 튕겨져 나왔다. 돌계단과 경사면을 따라 굴러 내리는 물체는 끔찍하게도 사람의 머리였다.

제일조 마병들의 수급.

무려 서른 명이나 되는 마병들이 순식간에 목 없는 귀신이 된 것이다.

"이런 간악한 계집들!"

백금마상이 제이조를 출동시키려 하자 무풍군이 손을 들어 제지했다.

"아까운 마병들을 몰살시킬 생각인가?"

귀명마공은 섭물진기를 발출해 바닥에 떨어져 있는 수급 하나를 끌어들였다. 그는 예리한 눈빛으로 잘린 목 부위를 살피고는 수급을 바닥으로 던졌다.

"이렇듯 빠른 쾌초는 절대쾌도에 의해서만 구사될 수 있소. 혈훼궁이 무형쾌를 갖고 있다는 얘기가 확실한 것 같소."

"그렇다면 백금대 제일조가 순식간에 몰살당한 것도 이해가 되는군."

"노신이 상대해 보겠소."

"같이 갑시다."

무풍군은 귀명마공과 함께 등실 떠올랐다.

"백금마상이 마병들을 인솔하라!"

두 사람은 가파른 경사면을 타고 올라 곧바로 구름 속 계단 위에 내려섰다.

한 명의 여인이 계단을 막아서고 있었다.

붉은 옷을 걸친 여인은 인형처럼 또렷한 이목구비의 소유자로 혈훼궁의 소궁주 황은령이었다. 그녀의 싸늘한 눈빛은 칼날처럼 예리했다.

황은령 뒤로는 순찰영주 미호가 한 무리의 여인무사를 대동한 채 서 있었다.

무풍군은 황은령의 독보적인 용모에 싱긋 미소를 띠었다.

"혈훼궁 소궁주가 죽음의 꽃이라 불린다던데 바로 너인가 보구나?"

"네놈은 누구냐?"

황은령의 거친 언사에 귀명마공이 일갈했다.

"이년!"

동시에 벼락같은 쾌도가 발출되었고, 주변의 공기가 싸늘하게 동결되었다.

황은령은 난생처음 접하는 쾌도에 움찔했지만 전설의 칼 무형쾌를 믿었다.

차앙……!

파공성도 섬광도 전혀 없는 한 번의 금속성이 울려 퍼졌다.

귀명마공은 어느새 칼을 회수한 상태였고, 황은령 또한 무형쾌의 손잡이를 가볍게 쥐고 있을 뿐이었다. 분명 한차례 격돌이 전개됐지만 누구도 칼을 보지 못했다.

귀명마공의 눈가 근육이 순간적으로 씰룩거렸다.

평생 칼을 연마해 오면서 한 번도 쾌도가 빗나간 적이 없는 그였다. 한데 그가 출수하고도 상대를 베지 못했으니 이는 충격이며 수모였다.

그는 무형쾌의 위력을 새감 실감하게 되었다.

'역시 전설의 칼이다. 게다가 계집의 무공 또한 범상치 않구나.'

일 초 격돌을 전개한 황은령 역시 상대의 경이로운 도법에 두려움을 느꼈다.

'이렇게 빠른 쾌도는 처음이다. 게다가 칼에 실린 내공이

엄청나 무형쾌로도 베지 못했어.'

무풍군은 가볍게 박수를 쳤다.

"대단해. 어떤 승부가 전개될지 기대가 된다."

이때 황은령 옆으로 다가선 미호가 나직이 말했다.

"소궁주, 일전에 중원제일공자인 태사건을 본 적이 있는데 저자와 유사합니다. 아니, 동일인이 분명합니다."

"뭐야?"

황은령은 상큼 눈을 치켜뜨며 무풍군을 직시했다.

"넌 누구냐?"

"난 천외마국의 계승자인 무풍군이다."

"이름을 밝혀라!"

"네 이름부터 고하는 것이 순서가 아니겠느냐?"

"건방 떨지 마라. 이름을 밝히기가 두려운 것이냐?"

"내가 두려울 게 무엇이 있겠느냐?"

무풍군의 유들유들한 태도에 황은령은 매스꺼움을 느끼며 차갑게 내뱉었다.

"내 이름은 황은령이다. 됐느냐?"

"그래, 황은령. 나는 네 수하가 말한 그 사람이 맞다."

"하면… 네가 의천신룡 태사건?"

무풍군은 능글맞은 웃음을 터뜨렸다.

"하하, 그렇다."

밝혀진 무풍군의 정체.

그가 바로 중원제일공자 태사건이었던 것이다. 천외마국의 계승자가 천하의 의협으로 추앙을 받아왔으니 이는 세상에 대한 지독한 기만이 아닐 수 없었다.

황은령은 싸늘한 눈빛으로 태사건을 직시했다.

"네놈이 추악한 가면을 이제야 벗었구나!"

"내가 왜 추악하다는 것이냐? 나를 중원제일공자로 추앙하고 의천신룡이라는 별호도 세상 사람들이 스스로 붙여준 것이지 내가 강요한 것이 아니다."

"네놈이 천외마국의 악도인지 알았다면 누가 너를 중원제일공자로 존중했겠느냐?"

문득 황은령은 태사건의 사부를 떠올렸다.

"네가 중원일비 십절무제의 제자라 하던데… 그렇다면 천외마국의 국주가 바로 십절무제……?"

"당연하지 않느냐? 세상에서 십절무제로 불릴 분은 천마성왕 국주 한 분뿐이다."

또 한 번의 충격!

중원일비로 불린 전대의 천하제일인이 천마성왕이었을 줄이야. 이는 천마성왕이 자신의 무공을 과시하기 위해 세상 밖으로 나가 천하인들을 철저하게 우롱한 것이다.

태사건은 턱을 치켜들며 황은령을 깔아보았다.

"황은령, 네 용모가 추하지 않으니 순순히 굴복한다면 내 시녀로 삼아주겠다. 어찌하겠느냐?"

"네놈은 내 발 씻을 하인도 못 된다!"

황은령의 무형쾌가 태사건을 향해 발출되었다.

빛도 소리도 없이 날아드는 쾌도이기에 당하는 사람은 목이 떨어질 때가지 이를 감지하지 못한다. 그러나 상승 경지에 이른 고수라면 눈과 귀가 멀어도 무형의 기운을 간파할 수 있다.

태사건은 황은령의 기습을 어느 정도 예상했기에 축지성촌을 전개해 무형쾌를 피해낼 수 있었다.

황은령은 태사건의 신법을 쫓으며 재차 무형쾌를 발출했다. 그러나 측면에서 날아드는 예기에 그녀의 무형쾌는 자신의 안위를 위해 사용되어야 했다.

차앙……!

절대쾌도를 날려 황은령의 무형쾌를 저지한 귀명마공은 자신의 칼날을 보고는 미간을 찌푸렸다. 만년정강으로 제련한 칼날이 크게 손상된 것이다. 칼에 진원지기가 실려 동강나지는 않았지만 칼날이 훼손됐다는 것만으로 그의 자존심이 상한 것과 다를 바 없었다.

황은령은 두 번의 격돌을 통해 자신의 한계를 절감했다.

'이 노마의 칼을 베지 못한 것은 무형쾌의 문제가 아니다. 내 수련이 부족하고 공력이 미흡한 탓이다.'

이때 봉우리 위로 폭죽이 울려 퍼졌다.

퇴각 신호를 확인한 미호가 황은령을 이끌었다.

"가셔야 합니다, 소궁주."

황은령은 태사건과 귀명마공을 쓸어보고는 계단 위로 몸을 날렸다.

"네놈들의 무덤이 준비됐으니 두렵지 않다면 따라와라!"

태사건은 귀명마공을 돌아보았다.

"무형쾌를 잠시 상대할 수 있겠소?"

"전설의 칼이기는 해도 계집의 도법이 최고 경지에 이르지 못했으니 능히 상대할 수 있소."

"그래도 조심해야 할 거요. 무형쾌를 남긴 흑맹천살의 도법이 천하제일은 아니었지만 그가 전설이 된 것은 무형쾌 때문이었으니까."

태사건은 품속에 숨겨둔 비수를 어루만졌다.

"황은령은 내게 맡기시오. 주작혈후를 제거한 후 내가 제압할 테니까."

"그것은 본 국의 말살책에 위배되오."

귀명마공이 원칙을 고수했지만 태사건은 유들유들하게 응수했다.

"혈훼궁은 본 국의 오랜 골칫거리였소. 약간의 전리품 전도는 챙길 수 있지 않겠소?"

이때쯤 백금마상이 인솔한 백금대 마병들이 나선형 계단을 따라 이르렀다. 마병들이 계단 위 연무장까지 진입로를 확보하자 태사건이 천천히 걸음을 옮겼다.

높은 방벽으로 둘러진 혈훼궁 앞쪽으로 넓은 연무장이 형성돼 있었다. 연무장에는 한매전, 흑란전, 혈국전, 설죽천 등 혈훼궁 사대전 여인무사들이 포진해 있었다.

혈훼궁 여인무사들은 황은령이 백금대 마병들의 진입을 저지하는 사이 진영을 갖췄으며 단단히 정신무장까지 했기에 전의가 대단했다.

모처럼 경장을 갖춰 입은 주작혈후 옆으로 황은령이 서 있었다.

태사건은 귀명마공과 백금마상 둘만을 대동해 주작혈후 앞으로 다가섰다.

"궁주를 뵙소."

그는 혈훼궁을 괴멸시키러 온 침입자답지 않게 정중히 예를 표했다. 혈훼궁이 천외마국의 한 분파임을 감안하면 주작혈후가 사문의 존장이 되기에 마지막으로 예를 갖춘 것이었다.

주작혈후는 무심한 눈빛으로 태사건을 바라보았다.

"의외로구나? 천마성왕이 직접 왔을 줄 알았는데?"

"전하께서 어떤 분이신데 한갓 반도를 토벌하는 데 친히 나서시겠소?"

태사건의 빈정거리는 말투에 황은령이 매섭게 쏘아붙였다.

"네놈의 혀부터 뽑아주겠다!"

주작혈후는 소매를 들어 황은령을 제지하고는 담담한 어조로 응수했다.

"한심하구나. 송나라 조씨(趙氏) 왕조가 멸망한 지 수백 년이나 지났는데 천마성왕은 아직도 과거의 집착에서 벗어나지 못하고 있는 것이냐? 무림은 그저 무림일 뿐이다."

"그것은 궁주의 생각이오. 천외마국은 또 다른 세상이며 그곳에서는 왕조가 여전히 유지되고 있소."

"그리 생각한다면 너는 절대 천외마국의 계승자가 될 수 없다. 너는 조씨의 혈통을 이어받지 못했지 않느냐?"

태사건은 아픈 부위를 지적당했지만 싱긋 미소를 띠었다.

"적통은 아니지만 내게도 황족의 피가 흐르고 있소. 과거 이를 무시하려 했던 혈훼마후는 분명 반역자였지만 본 국에서는 동문임을 감안해 그동안 묵인해 왔소. 언제고 본 국에 귀속될 것이라 생각했으니 말이오. 하지만 궁주는 중대한 과오를 저질렀소. 전하의 심기를 건드렸으니 이제 혈훼궁은 더 이상 존속될 수 없소."

주작혈후는 백금대 마병들을 쓸어보았다.

"오행마대 중 고작 백금마대 하나로 과연 본 궁을 상대할 수 있을 것 같으냐?"

그러자 귀명마공이 메마른 어조로 내뱉었다.

"혈훼궁 정도는 백금대 절반의 전력으로도 충분하다."

주작혈후는 귀명마공에게로 시선을 돌렸다.

"너는 누구냐?"

"노부는 귀명마공이다."

"알겠다. 삼공 중 하나로군. 어쩐지 내 제자의 무형쾌를 막아냈다고 했어."

주작혈후는 귀명마공과 태사건을 번갈아 보았다.

"누가 먼저 내 검에 죽겠느냐?"

태사건이 자신의 자청검을 툭툭 쳤다.

"궁주가 일문의 지존이니 내가 상대해 주겠소."

"네가 내 적수가 될 수 있을지 모르겠구나."

주작혈후는 싸늘한 미소를 흘리고는 황은령에게 턱짓을 해 보였다.

"네가 귀명마공을 상대해라."

"예, 사부님."

황은령이 귀명마공과 대치해 서자 태사건이 가볍게 손을 쳐들었다.

"백금마상."

"예, 소군."

"모조리 죽여!"

"존명!"

백금마상은 혈훼궁 여인무사들을 향해 창을 겨누었다.

"쳐라!"

창을 앞세운 백금대 마병들이 함성을 지르며 달려들었다.

사대전주는 일제히 병기를 뽑아 들었다.

"본 궁의 원수들이다!"

"한 놈도 살려 보내지 마라!"

혈훼궁 여인무사들은 일사불란하게 흩어지며 진형을 갖추었다. 오랜 훈련을 걸쳐 단련된 여인무사들은 본능적인 두려움을 억누른 채 백금대 마병들과 정면으로 충돌했다.

대격돌!

무려 팔백여 명이 격돌하기에 연무장은 넓은 공간이 못 되었다. 게다가 연무장 좌우는 끝도 모를 깊은 벼랑으로 둘러져 있어 자칫 밀리기라도 하면 싸우기도 전에 추락하고 만다.

퍼퍼퍽!

실로 무시무시한 혈투였다.

양측 모두 서슬 퍼런 전의로 무장하고 있던 터라 죽음에 대해서는 무관심했다. 자신이 살기 위한 싸움이 아니라 오로지 상대를 죽이기 위한 싸움.

전투 초반부터 피와 비명이 난무했고 무수한 시체가 연무장 위에 널브러졌다.

주작혈후와 태사건은 소란스런 혼전을 피해 방벽 위로 올라섰다. 황은령과 귀명마공도 문루를 사이에 두고 반대쪽 방벽 위에 내려서며 곧바로 대결을 벌였다.

주작혈후는 허리춤에서 검을 뽑아 들었다.

종잇장처럼 얇아 휘청거리던 연검은 진기가 주입되자 빳빳하게 세워지면 서릿발 같은 예기를 발했다.

자청검을 뽑아 든 태사건은 좀 전과는 다르게 거친 말투로 내뱉었다.

"주작혈후, 무슨 의도로 천한 놈을 충동질해 천외마국으로 들여보낸 것이냐?"

"홋, 도영의 존재가 네게 위협이 되었나 보구나?"

"허튼소리 마라. 천민 부락에서 살아온 놈이 어떻게 내게 하등의 위협이 될 수 있겠느냐?"

"호홋, 네놈이 이제 반역을 꾀하려나 보구나? 천마성왕이 이런 사실을 알아야 하는데 말이다."

"반역이 아니라 순리다!"

검극에 자전강기를 운집한 태사건은 강력한 검강을 발출했다. 검극에서 뿜어진 검강이 폭풍처럼 성벽 위로 휩쓸었다.

주작혈후는 연검을 내려쳐 검강을 쪼갰다.

"싱겁구나!"

빙글 회전한 주작혈후는 연속적으로 칠 초의 검식을 전개했다. 아찔한 만큼 현란한 검화가 폭우처럼 태사건을 향해 쏟아져 내렸다.

태사건은 주작혈후의 변화무쌍한 검초에 바싹 경각심을

높였다.

'역시 혈훼궁의 주인답군.'

자전강기로 몸을 보호한 태사건은 주작혈후의 검화를 막아내고는 눈부신 검형을 발출했다.

피피핑!

검극에서 피어오른 부챗살 같은 검형은 제각기 호선을 그리며 주작혈후의 요혈로 파고들었다.

혈환잔영보를 전개해 간단히 검형을 피해낸 주작혈후는 태사건의 측면으로 파고들었다. 미처 예상치 못한 반격이었다.

'빠르다!'

태사건은 급히 수비로 전환하며 팽이처럼 회전했다.

차차창!

요란한 금속성이 울려 퍼지는 가운에 태사건은 약간의 한기를 느끼며 뒤로 물러섰다. 깊은 상처는 아니지만 옷자락이 세 곳이나 베이는 자상을 입고 말았다.

주작혈후는 연검에 묻은 피를 뿌리고는 가는 미소를 머금었다.

"다음은 네 목이다."

"자신하기에는 아직 일러."

검극에 자전장기를 주입시킨 태사건은 허공을 차고 오르며 힘차게 자청검을 내려쳤다.

"천외파극황(天外破極荒)!"

눈부신 광휘가 급속도로 확산되며 자색의 도강이 거대한 벼락처럼 주작혈후를 향해 내리꽂혔다.

그가 의천신룡으로 강호를 종횡할 때는 신분을 위장하기 위해 천외마국의 절학을 선보이지 않았지만 지금은 그럴 이유가 없기에 절대적인 마공을 유감없이 펼쳐 냈다.

"나쁘지 않구나!"

주작혈후는 순간적으로 검신합일을 이루어 치솟았다.

콰아앙!

엄청난 폭음과 함께 도강이 쪼개지면서 무수한 파편이 사위로 비산되었다. 그 바람에 문루가 박살 났고 방벽 일부가 내려앉았다.

공력이 충돌하는 정면 승부에 상당한 타격을 받은 태사건은 세 바퀴를 회전하고는 방벽 위로 내려섰다. 약간의 내상을 당했는지 기혈이 들끓어 올라 시야가 어지러웠다.

태사건은 급히 진기를 순환시켜 들끓는 기혈을 가라앉혔다.

'젠장, 공력의 한계로군.'

삼 장 거리를 두고 내려선 주작혈후는 연검을 비스듬히 세워 들었다. 그녀 역시 도강을 격파하느라 약간의 충격을 받았지만 내상을 입지는 않았다.

"천마성왕이 제법 잘 가르쳤다만 내 적수는 못 된다."

계략을 감춘 태사건은 호기롭게 응수했다.

"우쭐하기는! 아직 내 실력을 절반도 발휘하지 못했다!"

"나머지 절반은 지옥에 가서 되새기려는 것이냐?"

"이제 보여주겠다."

허공으로 치솟은 태사건은 검을 회전시키며 자전강기를 형성했다. 검강은 거대한 소용돌이를 형성하며 급속도로 확산되었다.

"마지막이니 잔재주를 모두 보여라, 태사건!"

둥실 떠오른 주작혈후는 두 손으로 연검을 감싸 쥐며 혈훼진기를 운기했다. 검극을 통해 구 척에 달하는 검기가 폭사되었다. 초극의 검기로 태사건을 일도양단하겠다는 의도였다.

태사건은 기합을 외치며 검강을 발출했다.

쾌류류류!

검강이 폭풍처럼 주작혈후를 향해 뻗어나갔다.

연검을 치켜든 주작혈후는 힘차게 내려쳤다. 공력에서 우위를 확인한 상태였기에 태사건의 검강을 충분히 쪼갤 자신이 있었다.

한데 이때였다.

품속에서 한 자루 비수를 꺼내 든 태사건이 소용돌이 검강사이로 내던졌다.

"끝났다, 주작혈후!"

번— 쩍!

한 자루 비수가 태사건의 손끝을 떠나는 순간 상상도 못한 빛이 뿜어졌다. 한 자루 비수는 곧바로 세 자루로 쪼개지더니 다시 열두 자루로 불어났다.

비수는 더 이상 비수가 아니었다.

섬광으로 화한 비수는 제각기 호선을 그리며 주작혈후의 전신 요혈로 파고들었다. 빛살과 같은 속도였기에 주작혈후가 비수의 존재를 간파했을 때는 이미 늦었다.

"비도(飛刀)?"

그러했다. 태사건이 기습적으로 날린 비수는 바로 전설의 칼 탈명전광비(奪命電光匕)였던 것이다.

천뢰파천도와 무형쾌에 이어 세 번째로 출현한 비도 탈명전광비!

주작혈후는 반사적으로 얼굴을 가리며 호신강기를 펼쳐 몸을 보호했다.

황은령과 귀명마공의 대결은 조심스럽게 전개되고 있었다.

귀명마공의 무공은 황은령보다 훨씬 강했지만 상대가 무엇이라도 벨 수 있다는 무형쾌를 지녔기에 섣부른 공격을 구사할 수가 없었다.

황은령 역시 귀명마공의 반격을 우려해 과감한 공격을 펼칠 수가 없었다. 회심의 공격이 빗나갈 경우 오히려 자신이 위험해질 수 있기 때문이었다.

서로가 자제하다 보니 두 사람의 칼은 어쩌다 한번 부딪칠 뿐이었다.

그렇다 해도 워낙 날카로운 공격을 교환한 터라 두 사람은 이미 여러 군데 상처를 입은 상태였다. 치명상은 아니었지만 출혈로 그들의 주의력은 조금씩 떨어지고 있었다. 이는 매 초식마다 공력을 집중해야 하는 귀명마공에게 다소 불리한 진행이었다.

한데 이때였다.

반대쪽 방벽 위에서 폭사되는 엄청난 광휘에 두 사람은 잠시 대치를 풀고 시선을 돌렸다.

주작혈후를 향해 뻗어나가는 열두 개의 섬광.

그것이 전설의 비도인 탈명전광비임을 황은령은 직감으로 간파했다.

"아아, 사부님!"

주작혈후는 혼신의 진기로 호신강기를 펼쳤지만 이를 뚫고 파고드는 엄청난 충격에 등줄기가 서늘해졌다.

퍼퍼퍽!

호신강기를 돌파한 열두 개의 비도는 주작혈후의 몸을 그대로 관통했다.

"아악!"

주작혈후는 온몸으로 피를 뿜어내며 맥없이 추락했다. 그녀의 몸을 관통한 열두 자루의 탈명전광비는 크게 호선을 그리며 태사건에게로 회수되었다.

태사건이 하나의 탈명전광비를 받아 들자 나머지 열한 자루의 비수가 속속 겹쳐지면서 본래대로 한 자루의 탈명전광비로 돌아왔다.

"사부님!"

쏜살같이 날아든 황은령이 바닥으로 추락하는 주작혈후를 받아 안았다.

황은령은 피로 흥건하게 물든 주작혈후의 참혹한 모습에 절로 눈물이 피어올랐다.

"흑, 사부님……!"

열두 자루의 탈명전광비에 관통된 주작혈후의 육신은 만신창이가 되어 있었다. 한쪽 눈마저 훼손된 주작혈후는 붉은 피를 울컥울컥 토해냈다.

주작혈후의 맥을 짚어본 황은령은 절망했다. 심맥이 훼손되고 기경팔맥 대부분이 끊겨 회생이 불가한 상태였다.

주작혈후는 힘겹게 입술을 달싹거렸다.

"네게… 전할… 말이 있다……."

"알겠습니다."

주작혈후를 안아 든 황은령은 혈휘궁 내궁으로 몸을 날렸다.

귀명마공이 옆으로 내려서자 태사건은 탈명전광비를 어루

만지며 득의의 미소를 흘렸다.

"후훗, 과연 전설의 칼이오. 주작혈후와 같은 절세고수를 일격에 쓰러뜨렸으니 말이오."

"소군의 비도술이 남다르기 때문이오."

"하기는 병기보다 사람이 더 중요하지."

태사건은 탈명전광비를 품속에 넣고는 연무장을 내려다보았다.

엄청난 혈전으로 인해 연무장은 이미 시산혈해였다. 배수진을 형성한 혈훼궁 여인무사들의 저항이 워낙 드세 백금대마병들의 피해도 상당했다.

하지만 주작혈후가 쓰러지고 소궁주인 황은령이 퇴각하면서 혈훼궁의 전력이 급감했다.

사대전의 전주들이 여인무사들을 독려했지만 한 번 무너진 전의는 되살아나지 않았다. 반면 백금마상이 이끄는 마병들의 기세는 더욱 흉포해져 전세는 확연하게 기울어졌다.

귀명마공은 내궁 쪽으로 시선을 돌렸다.

"소궁주 되는 계집을 마저 제거해야 하지 않겠소?"

"이제 내가 상대하겠소. 훌륭한 전리품을 상하게 할 수는 없지. 갑시다."

태사건은 귀명마공과 함께 내궁으로 날아갔다.

주작혈후의 처소 주작전.

전각으로 들어선 황은령은 탁자의 기물을 밀치고 주작혈후를 눕혔다. 워낙 엄중한 부상이라 주작혈후는 숨도 제대로 쉬지 못하고 있었다.

황은령은 독한 마음을 먹고 주작혈후의 사혈을 세 곳 찍었다. 생명을 앗아가는 사혈이지만 지금으로서는 주작혈후를 깨울 수 있는 유일한 극약 처방이었다.

"흐으윽!"

주작혈후가 세차게 전율하며 겨우 눈을 떴다.

"사부님! 정신이 드십니까?"

"……."

눈알을 굴려 주변을 살핀 주작혈후는 자신의 처소임을 인지하고는 힘겹게 입술을 뗐다.

"은령아, 넌 옥쇄(玉碎)하지 말고… 탈출해라."

"죽음 따위는 두렵지 않습니다. 동귀어진을 펼쳐서라도 태사건 그 사악한 놈을 꼭 죽이겠습니다."

"어리석은 짓… 마. 도영을… 찾아가라. 너희가 힘을 합쳐야… 천외마국을 괴멸시킬 수 있다."

황은령은 눈을 상큼 치켜떴다.

"도영은 본 궁을 침범한 원수인데… 그자와 협력하란 말씀이십니까?"

"천외마국을 무너뜨릴 수 있는 사람은… 도영뿐이다."

"대체 그 천한 놈이 무엇이기에……."

"도영은 천한 신분이 아니다. 너보다 훨씬⋯ 고귀한 혈통을 지닌 자다."

"그게 무슨 말씀이시니까?"

주작혈후는 가쁜 숨을 몰아쉬었다.

"도영은⋯ 천마성왕의 혈육일 가능성이 크다. 아니, 확실하다. 그렇기에⋯ 본 궁을 침공토록 명한 것이다."

"예에? 어떻게⋯ 그럴 수가⋯⋯?"

"도영의 생모가⋯ 수서촌에서 아이를 낳았고⋯ 그 아이를 백정이 키운 것이다."

"맙소사!"

도영을 한갓 백정의 자식으로 여겨 업신여긴 황은령에게는 엄청난 충격이 아닐 수 없었다. 무엇보다 도영이 천외마국의 적통이라는 사실에 황은령은 혼란스럽기만 했다.

생명지기가 고갈됐는지 주작혈후의 안색이 잿빛으로 변했다. 붉은 피를 토해낸 그녀는 턱을 덜덜 떨었다.

"반드시⋯ 살아남아라. 천외마국을 멸하고⋯ 혈훼궁을 재건⋯⋯."

황은령에게 막중한 임무를 남긴 주작혈후는 눈을 부릅뜬 채로 숨이 끊어졌다. 선대의 숙원을 해소하지 못한 통한 어린 죽음이었다.

"사부님!"

무릎을 꿇은 황은령은 비통한 눈물을 뿌리며 사부의 죽음을 애도했다. 하지만 비분 어린 통곡을 하기에는 주변 상황이 너무나 급박했다.

등 뒤에서 태사건의 능글맞은 음성이 들려왔다.

"홋홋, 그러기에 누울 자리를 보고 다리를 뻗었어야지? 진작 굴복했으면 본 국 마공(魔公)의 자리 하나는 보장되었을 텐데 말이야."

입술을 질끈 깨문 황은령이 천천히 일어섰다.

몸을 돌린 그녀는 전각 안으로 들어선 태사건과 귀명마공을 직시했다. 눈빛이 칼날이었다면 그대로 그들을 쪼갤 만큼 서슬 퍼런 원독이 뿜어졌다.

"이 원한을 잊지 않을 것이다!"

태사건은 뒷짐을 진 채 느릿느릿 다가섰다.

"마지막 권고다. 너 하나는 살려줄 수 있다."

황은령은 득달같이 달려들며 무형쾌를 움켜쥐었다.

"뒈져!"

깜짝 놀란 귀명마공이 외쳤다.

"위험하오, 소군!"

빛도 소리도 없는 전설의 쾌도.

본능적으로 위기를 직감한 태사건은 탈명전광비를 발출했다.

번— 쩍!

아찔한 광휘가 확산되면서 세 개, 열두 개로 갈라진 열두 자루의 비도가 화려한 호선을 그리며 뻗어나갔다.

따, 땅!

무형쾌에 의한 절대쾌도는 탈명전광비에 의해 저지되었
다. 열두 자루의 비도 중 두 자루가 동강나면서 바닥으로 떨
어졌다. 역시 어떤 병기든 벨 수 있다는 무형쾌답게 전설의
비도를 파괴한 것이다.

하지만 이로 인해 급격히 위력이 떨어진 무형쾌는 귀명마
도가 발출한 도법에 막히고 말았다.

태사건을 베는 데 실패한 황은령은 급히 뒤로 물러서며 무
형쾌를 휘둘러 몸을 보호했다.

칼 그림자가 어른거리는 가운데 섬광으로 변환 열 개의 비
수가 황은령의 전신으로 파고들었다.

태태탱!

잇단 금속성이 터지며 비수들이 튕겨져 올랐다. 그러나 천
하의 그 누구도 완벽하게 막아낼 수 없는 것이 탈명전광비였
다.

퍼, 퍽―!

두 자루 비수는 황은령의 어깨와 옆구리를 관통했다.

"흐윽!"

황은령은 영혼이 동강나는 처절한 고통 속에 오 장 밖으로
나가동그라졌다. 불행 중 다행으로 요혈이 파훼되지는 않았
지만 부상의 충격으로 정신마저 혼미해졌다.

'안 돼! 사부님의 유언대로… 살아남아야 한다!'

주작혈후의 유언을 떠올린 그녀는 원한과 감정을 자제했다.

되날아온 탈명전광비를 받아 든 태사건의 표정이 구겨졌다.

열두 자루의 비수 중 두 자루를 잃었으니 이제 탈명전광비의 위력은 퇴색할 수밖에 없었다.

"탈명전광비를 베다니… 역시 무형쾌답군."

귀명마공이 삭막한 어조로 내뱉었다.

"죽여야 할 계집이니 더는 전리품에 연연치 마시오."

순간적으로 위급함에 직면했던 태사건도 더 이상 황은령을 비호하지 않았다.

"죽여도 좋소."

태사건이 용인하자 귀명마공은 황은령을 향해 다가섰다.

하지만 이미 탈출을 작심한 황은령은 그대로 창문을 뚫고 도주했다.

태사건의 입가에 경멸의 미소가 피어올랐다.

"달아날 수 있을 것 같으냐?"

그는 귀명마공과 함께 즉시 뒤를 쫓았다.

정원 끝에 이른 황은령은 벼랑 아래를 내려다보았다.

장강삼협으로 이어지는 지류가 실개처럼 흐르고 있었다. 높이가 백여 장이나 되기에 아무리 바닥이 물이라 해도 분신쇄골을 면하기 어렵다.

외부와 철저하게 폐쇄된 혈훼궁은 달리 비밀 통로가 존재하지 않는다. 나선형 계단이 유일한 출입구인데 이미 천외마국에 의해 점거되었을 상황이기에 그녀가 탈출할 수 있는 길은 전무했다.

태사건과 귀명마공이 뒤로 내려서자 황은령은 깊이 숨을 들이켰다.

'사부님께서 나를 지켜주실 것이다!'

황은령은 귀명마공의 살초가 날아들기에 앞서 벼랑 아래로 몸을 던졌다.

"이런!"

태사건과 귀명마공이 급히 벼랑가로 다가섰다.

황은령은 엄청난 속도로 추락하고 있었다. 높이를 감안한다면 자살 행위와 다를 바 없었다. 더군다나 지류가 곧바로 사나운 무산협으로 이어지는 것을 감안하면 구명(求命)은 불가했다.

황은령의 모습은 곧바로 지류에 묻혀 사라졌다. 워낙 거리가 멀어 물 튀는 소리조차 들려오지 않았다. 그저 희미한 포말이 순간적으로 어른거렸을 뿐이다.

황은령의 냉염한 매력을 떠올린 태사건은 나른한 어조로 내뱉었다.

"독한 년… 잘 죽었네."

第五十三章
계승자는 나다!

刀皇

1

휘익— 휘익!

장발괴인은 육중한 체구답지 않게 유연한 몸놀림으로 죽장을 휘둘렀다. 죽장을 칼 삼아 추는 칼춤이었다.

한바탕 칼춤을 마친 괴인은 비스듬히 죽장을 내려쳤다. 죄인을 참수하는 망나니의 집형과도 같은 동작이었다.

괴인의 이런 행동을 바라보고 있는 도영은 감회가 새로웠다.

"도부가 정말 많이 좋아졌어. 대망나니의 본능을 잊지 않고 있으니 기억도 회복될 수 있겠어."

칼춤을 춘 괴인은 바로 대망나니 도치였다.

황산 잠밀별부로 돌아온 도영은 도치의 상태부터 살폈는데 막상 만나보니 예상보다 훨씬 호전한 모습에 적이 안도했다.

　도영은 강문약과 나란히 서 있는 구완서를 돌아보며 사례를 표했다.

　"고마워. 구 사저가 애 많이 썼어."

　"내가 뭐 한 게 있어야지."

　"도부에게 필요한 것은 따뜻한 정이었어. 덕분에 안정을 찾은 것 같아."

　"자, 모처럼 부자간에 한번 놀아봐."

　구완서는 도영과 함께 도치에게로 다가섰다.

　도치는 코를 벌름거리다가 구완서의 체취를 맡고는 별반 경계하지 않았다. 그러다 구완서의 체취에 다른 사람의 체취가 섞여 있음을 감지하고는 죽장을 세워 들었다.

　"도부, 도영이가 왔어요."

　구완서는 손을 뻗어 도치의 손을 쥐었다. 그녀는 도치의 손을 이끌어 도영의 손과 마주 쥐어주었다.

　도치는 처음 타인의 손길에 강한 거부 반응을 보였지만 구완서가 계속 쥐어준 채 놓아주지 않자 조금씩 경각심을 해소했다.

　도영은 자신을 알아보지 못하는 도치의 반응이 안타까웠지만 그래도 자신의 손을 뿌리치지 않은 것을 위안으로 삼았다.

"도부, 나야. 내 얼굴을 만져 봐."

도영은 자신의 얼굴로 도치의 손을 이끌었다. 도치는 잠시 주저하다가 도영의 얼굴을 조금씩 더듬었다.

이마와 눈썹, 눈과 코를 매만지더니 입술과 턱 선으로 손길을 옮겼다.

도영의 입가에 절로 미소가 피어올랐다.

도치가 과거를 기억하지 못할 뿐 광증이 거의 해소됐음을 확신할 수 있었다. 외부인에 대한 경계는 본능일 뿐 광증의 증상으로 볼 수가 없었다.

구완서는 도영에게 죽장을 쥐어주고는 도치의 죽장과 가볍게 마주쳤다.

죽장 대련의 신호임을 이해한 도치가 한 걸음 물러서며 공격 자세를 취했다. 비록 듣도 보도 못하는 그였지만 후각만으로 상대의 위치를 가늠할 수 있었다.

도영이 가만히 죽장을 내밀자 도치는 간단히 쳐내고는 힘차게 죽장을 휘둘렀다.

"멋진 수법이야."

도영은 도치의 죽장을 막아내면서 뒷걸음질쳤다. 도치는 그런 도영을 쫓아 계속 죽장을 휘둘렀다.

부자간의 대련을 지켜보는 강문약은 잔잔한 감동에 젖었다.

"아름다운 장면입니다. 이 자리에 화우가 함께 있었다면 얼마나 좋았을까요?"

구완서가 눈을 상큼 뜨며 물었다.

"사제가 화우를 만난 거야?"

"예, 저도 만났어요. 정말이지 곱고 기품 넘치는 분이셨어요. 도백께서 기억을 상실한 와중에도 절대 잊지 못할 그런 여인이었지요."

강문약은 천외마국 내에서 벌어졌던 상황을 간략하게 설명해 주었다.

구완서는 도영이 천외마국의 적통이라는 사실에 혀를 내둘렀다.

"이거 어떻게 돌아가는지 모르겠군. 하면 사제가 천마성왕과 어떻게 싸울 수 있겠어?"

강문약의 표정에 그늘이 드리워졌다.

"저도 그 점이 걱정입니다. 사형은 남궁세가를 위해서라도 천외마국에 복수를 하겠다고 공언했지만 부자상잔(父子相殘)은 비극입니다. 사문의 숙원과 의로운 복수가 아무리 중요하다지만 어찌 천륜에 비할 수 있겠습니까?"

"사제는 강인한 의지를 지닌 사내야. 그것이 필연이라면 천마성왕과의 대결도 마다하지 않을 거야."

"그것만큼은 막아야 하는데… 저도 어찌해야 할지를 모르겠어요."

강문약은 도영과 도치의 죽장 대련을 지켜보며 말을 이었다.

"비극을 막는 유일한 방도는 다른 사람이 천마성왕을 제압하는 것입니다."

"누가 그런 마왕을 제압할 수 있겠어?"

"금검성주이신 구천검제라면 가능할 수도 있습니다. 하지만 천외마국의 절대마공은 웬만한 무공을 압도하기에 우려가 됩니다."

"사매, 본 문의 절학이 천외마국의 마공과 상극이라면서? 내가 백팔번뇌도를 빠르게 터득할 수는 없을까?"

강문약은 씁쓸한 미소를 머금었다.

"백팔번뇌도는 마음으로 얻는 절학입니다. 게다가 백팔번뇌도만으로 천마성왕과 같은 대마왕을 상대할 수는 없습니다."

이때 허공 저편에서 한 마리 비둘기가 날아들었다. 산비둘기가 아니라 남궁세가와 소식을 주고받기 위해 훈련시켜 놓은 전서구였다.

삐익!

강문약이 길게 휘파람을 불자 전서구가 주변을 배회하다가 강문약의 손바닥 위로 내려앉았다.

강문약은 전서구의 날개 아래에 매달린 전서통에서 돌돌 말린 전서통문을 꺼내 들었다.

강 낭자 전,

도 형과 함께 천외마국에서 무사히 탈출했다는 소식을 듣고 얼마나 기뻤는지 모르오.

잠시 전 금검성에서 통문을 받았는데 빙라호리가 곧 당도한다고 하였소. 구천검제께서 도 형을 만나고 싶어 하시오. 강 낭자도 함께 세가로 찾아와 주셨으면 좋겠소.

그럼 세가에서 뵙겠소.

현(賢) 서.

천외마국에서 벗어난 강문약은 귀환하면서 남궁세가에 소식을 전했기에 남궁현도 이를 알고 있었다.

강문약은 잠시 생각하다가 답신없이 전서구를 날려 보냈다.

전서통문을 읽어본 구완서가 쾌활하게 말했다.

"이 참에 우리도 함께 내려가자. 도부도 안정됐으니 남궁세가에서 잠시 지낼 수 있을 거야."

한데 강문약이 단호하게 제지했다.

"사형만 남궁세가로 내려가시면 됩니다."

"왜……?"

"잠밀문 제자들은 세상과 교류하지 않는 것이 문규입니다. 남궁세가가 본 문 때문에 참화를 당해 그동안 왕래가 잦았지

만 이제는 남궁세가도 어느 정도 안정됐으니 문규를 지켜야
합니다."

"그래도 소가주가 기껏 초대했는데……."

구완서가 아쉬운 표정을 띠자 강문약이 정색하며 잠밀문
의 문규를 강조했다.

"사저, 잠밀문의 선대 제자들은 평생 문파를 지키면서 무
학 연구에 매진했습니다. 만일 그럴 자신이 없다면 지금이라
도 잠밀문을 떠나십시오."

구완서는 잠시 고심하다가 결연한 어조로 말했다.

"아니야. 한 번 맹세한 이상 나도 잠밀문의 제자로 남겠어.
내가 부족하더라도 파문은 말아줘."

강문약의 그런 구완서의 손을 가만히 쥐었다.

"소매를 너무 야속하다 생각지 마세요. 잠밀문을 재건해야
하는 소매의 임무가 막중하다 보니 문규를 고수할 수밖에 없
습니다."

"나도 충분히 이해할 수 있어."

도치와 한판 대련을 마친 도영이 기꺼운 심정으로 물러섰
다. 도치의 의식이 안정되고 건강이 회복되었다는 사실은 그
에게 큰 위안이 아닐 수 없었다.

도영에게 다가선 강문약이 전서구로 받은 소식을 전했다.

"사형은 남궁세가로 잠시 내려가 보셔야겠습니다."

"왜?"

"설 언니가 곧 당도하신답니다. 구천검제께서 사형을 뵙기를 청하셨습니다."

"그래? 모처럼 함께 내려가서 남궁 형을 만나보자."

"사형만 내려가십시오."

"사매가 동행하지 않으면 남궁 형이 몹시 섭섭해할 텐데 괜찮겠어?"

강문약은 온화하지만 분명한 어조로 말했다.

"남궁 소가주께서는 훌륭한 인품을 지니신 분입니다. 저도 평생의 지기로 생각하고 있습니다. 하지만 사형께서 의도적으로 저를 소가주와 결부시키려 한다면 그 친분마저 사라질지 모릅니다."

도영은 강문약의 단호함에 고개를 흔들었다.

"사매는 자신에 대해 너무 냉정하군."

"남궁세가에 대한 속죄는 본 문이 대를 이어 보상할 것입니다."

도영은 어떻게든 남궁현과의 사이를 주선하려 했지만 강문약의 의지가 너무 확고해 더는 권유할 수가 없었다.

"알았어. 나 혼자 다녀와야겠군."

그는 구완서의 도움을 받아 물을 마시고 있는 도치를 돌아보았다.

"도부를 부탁해."

2

　무산협을 빠져나온 장강이 허연 거품을 뿜으며 넘실넘실
흘러가고 있었다.

　모래톱 위로 보이는 기슭에 한 채의 초옥이 세워져 있는데
주변의 바위와 수목을 최대한 활용한 탓인지 여간해서는 눈
에 띄지 않았다. 그래도 마당에 놓인 통나무 탁자와 처마 끝
에 주렁주렁 걸린 약재를 통해 사람이 거주하고 있음을 알 수
있었다.

　초옥 내부는 약 냄새가 코를 찔렀다.

　창가의 침상에 한 여인이 죽은 듯 누워 있는데 얼굴 한쪽과
팔다리에 붕대가 칭칭 감겨져 있는 것으로 미루어 중상자로
보였다.

　여인의 한쪽 얼굴은 붕대에 감겨 있었지만 훼손되지 않은
반쪽 얼굴은 인형처럼 아름다웠다. 피부는 희고 깨끗했고 그
린 듯 휘어진 아미는 선명했으며 입술은 주사를 바른 듯 붉었
다.

　얼굴 일부가 훼손됐지만 다행스럽게도 오뚝한 콧날은 손
상되지 않았다.

　“으음……!”

　여인은 몇 번 괴로운 신음을 토하다가 힘겹게 눈을 떴다.

　의식을 회복한 여인은 잔뜩 경계의 눈빛을 발하며 빠르게

초옥 내부를 살펴보았다.

침상과 가까운 탁자에 무형쾌가 온전하게 놓여 있었다. 또한 자신의 금제돼 있지 않음을 확인한 그녀는 비로소 한숨을 내쉬었다.

'무형쾌도 잃지 않았고… 내가 죽지 않았어.'

그러다 얼굴 한쪽에서 심한 통증을 느낀 그녀는 붕대로 감겨진 부위를 매만져 보았다. 부상이 가볍지 않은지 두툼한 약초가 볼과 눈까지 발라져 있었다.

여인은 벼랑에서 뛰어내려 강물로 떨어진 상황을 더듬었다.

엄청난 추락과 함께 강물로 떨어지는 순간 그녀는 전신이 으스러지는 충격에 정신이 혼미해졌었다. 드센 물살에 휩쓸린 그녀는 바위에 부딪치면서 그만 혼절했다.

자살에 가까운 모험이었지만 어쨌든 목숨을 구했으니 다행스런 결단이었다.

'태사건… 천외마국… 이 원수들!'

여인은 원한에 사무쳐 입술을 꼭 깨물었다.

그러했다. 심한 타박상을 당해 누워 있는 여인은 다름 아닌 혈훼궁의 소궁주 황은령이었다. 백여 장 높이의 벼랑에서 뛰어내리고도 살아났으니 실로 기적이었다.

황은령은 참혹한 최후를 당한 주작혈후를 떠올리며 복수를 다짐했다.

'내가 죽지 않은 건 사부님과 혈훼궁 제자들의 원혼이 나를 지켜주었기 때문이다. 이제부터는 오로지 복수를 위해 살겠다!'

이때 문이 열리며 누군가 들어섰다.

허리가 꾸부정한 계피학발의 노인으로 얼굴의 깊은 주름은 세월의 흐름을 짐작할 수 없을 정도였다.

나무 소반에 탕약을 받쳐 들고 다가선 노인은 침상 앞에 놓인 통나무 의자에 앉았다.

"이제 정신을 차린 것이냐?"

황은령은 자신을 구해준 은인이다 싶어 힘겹게 몸을 일으켜 앉았다.

"허어, 아직 무리하면 안 돼."

노인이 만류했지만 황은령은 고통을 참고 벽에 기대앉아 포권을 취했다.

"소녀를 구해주신 은혜 잊지 않겠습니다. 만일 소녀가 이대로 죽었다면 물귀신이 되어서도 눈을 감지 못했을 것입니다."

"얼마나 깊은 원한이 있는지 몰라도 일단 네 몸부터 추스르는 것이 순서다."

노인이 탕약을 내밀자 황은령은 다시 사례를 표하고 탕약을 마셨다.

노인은 붕대로 감겨진 황은령의 한쪽 얼굴을 바라보았다.

"급류에 휩쓸리다 바위에 부딪쳤는지 네 얼굴이 많이 상했다. 급히 처방을 했다만 자칫 한쪽 눈까지 잃을 수 있으니 안정을 취해야 한다."

"한쪽 눈과 용모 따위는 중요치 않습니다. 제 무공만 잃지 않으면 됩니다."

"다행히 기경팔맥은 온전하니 무공은 회복될 수 있을 거다."

"그러면 됐습니다."

"아이야, 혈훼궁에서 무슨 일이 있었던 것이냐?"

깜짝 놀란 황은령이 경계의 눈빛으로 노인을 직시했다.

"어떻게……?"

"너는 모르겠지만 우리는 구면이다. 수년 전 양주 외곽에서 너를 잠시 본 적이 있지."

"양주라 하시면……?"

"너와 도영이란 녀석이 싸운 적이 있지 않더냐? 그때 내가 도영을 구하면서 너를 보게 되겠지."

황은령은 수서촌을 찾아온 도영과 한바탕 격돌했던 기억을 떠올렸다. 당시 도영의 모습이 감쪽같이 사라지는 바람에 추포할 수 있었던 절호의 기회를 놓치고 말았다.

황은령은 뭔가 느껴지는 바가 있어 노인을 찬찬히 살폈다.

"하오면 혹시 은공께서 풍진성수 노선님이 아니십니까?"

"허허, 초야에 묻은 노부를 용케 알아보는구나."

노인은 고개를 끄덕이며 자신의 신분을 밝혔다.

"그래, 노부가 바로 풍진성수다."

"아, 노선님의 구함을 받았기에 소녀가 목숨을 부지할 수 있었던 거로군요."

당대 기인과의 대면이기에 황은령은 절로 감격에 젖었다.

"소녀 황은령이라 합니다. 강호의 대선배님께 배례를 올리지 못함을 용서하십시오."

"개의치 마라. 한데… 네가 어찌 무산협에 몸을 던진 것이더냐?"

"살기 위해서 어쩔 수 없었습니다."

사부가 죽고 혈훼궁이 점거된 상황을 떠올리자 냉정한 성격의 소유자인 황은령의 한쪽 눈에도 눈물이 그렁그렁 맺혔다.

"원통하게도 혈훼궁은 이미… 천외마국 악도들에 의해 궤멸되었습니다……."

황은령은 천외마국의 침공을 당해 주작혈후가 탈명전광비에 의해 쓰러지고 도주할 수밖에 없었던 가슴 아픈 사연을 세세하게 말해주었다.

비분함에 젖어 얼굴 한쪽이 축축하게 젖어들었지만 가슴의 통한을 털어놓자 조금은 응어리가 풀렸는지 들끓던 분노가 조금은 진정되었다.

풍진성수는 나직이 한숨을 내쉬었다.

"허어, 전설의 칼들이 한 시대에 모두 출현하다니……."

그는 황은령의 어깨를 다독이며 위로해 주었다.

"사람의 생사와 일문의 흥망성쇠는 영원할 수 없는 법이다. 하필 네가 그 끝에 이르렀으니 너의 불운이로구나."

"천외마국 그 잔인한 악도들에게 이 원한을 백배 천배로 갚아줄 것입니다."

황은령이 피를 토하듯 내뱉자 풍진성수는 우려의 눈빛으로 그녀를 바라보았다.

"너희 복수심은 이해한다만 현실을 생각해라. 이백 년 이래 천하의 어둠을 지배해 온 공포의 마단을 어찌 네 혼자 감당할 수 있겠느냐?"

"소녀의 몸이 부서지고 영혼이 찢기는 한이 있더라도 반드시 복수하겠습니다."

황은령은 침상에서 내려섰다. 하지만 왼쪽 다리에 심한 타박상을 입었는지 중심을 가누지 못하고 휘청거렸다.

"조심하여라."

풍진성수가 손을 뻗어 부축해 주자 황은령은 그 앞에 털썩 무릎을 꿇었다.

"도와주십시오, 노선님."

"노부가 할 수 있는 일은 그저 네 상세를 온전하게 치료해 주는 것뿐이다."

"소녀가 사부님께 들은 얘기가 있습니다. 노선님이라면 전설의 칼 중 으뜸인 심도(心刀)에 대해 알고 계신다고 하였습니다. 소녀에게 부디 심도의 비밀을 일러주십시오."

풍진성수는 물끄러미 그녀를 바라보았다.

"심도라면 생사심천도를 말함이 아니더냐?"

"그렇습니다. 심도를 얻으면 고금 최강자가 될 수 있다고 들었습니다. 그 힘으로 천외마국을 파멸시키겠습니다."

"전설이 사실이라면 심도를 얻는 자는 그 칼에 의해 죽는다고 하였다."

"복수를 할 수 있다면 죽음은 두렵지 않습니다."

"심도의 전설은 그저 허구일 뿐이다. 전설이 전해진 이래 누구도 심도를 보았거나 찾은 사람이 없으니 누군가 꾸며낸 이야기가 분명해."

"정녕… 전설에 불과하단 말입니까?"

"진정한 심도는 구하는 것이 아니라 스스로 만들어내는 것이 아니겠느냐?"

풍진성수의 답변에 적이 실망한 황은령이 고개를 숙였다.

"복수를 위해서는 꼭 생사심천도가 있어야 하는데……."

"은령아, 너는 이미 전설의 칼 중 하나를 지녔다. 모든 것을 벨 수 있다는 무형쾌를 지녔거늘 어찌 또 신병을 욕심내는 것이냐?"

"소녀도 무형쾌가 무적인지 알았습니다. 하지만… 소녀의 능력이 미흡해 무형쾌를 지니고도 세상을 벨 수 없었습니다."

"그렇다면 네가 생사심천도를 손에 쥐어도 마찬가지가 아니겠느냐?"

"……"

"전설의 칼이 탄생될 수 있었던 것은 그 칼을 구사했던 사람들이 당시 천하제일의 고수였기 때문이다. 한데 전설이 와전돼 칼만 남고 그것을 남긴 사람들은 칼 속에 묻혀 버렸다. 네가 무형쾌를 쥐고도 세상을 베지 못했다면 무형쾌가 지닌 위력을 제대로 발휘하지 못했기 때문이지 칼에 문제가 있는 것은 아니다."

심오한 훈시를 늘어놓던 풍진성수가 수염을 내리쓸며 화제를 바꾸었다.

"이런, 사람을 구하는 의원으로서 가당치 않게 사람을 해치는 흉기를 떠들어댔구나. 어서 침상에 올라 푹 쉬어라. 사나흘 정도 경과를 본 후 네 얼굴을 본래대로 고쳐 주겠다."

"소녀의 얼굴이 어찌 되든 관심없습니다."

"은령아, 지금은 상심이 커서 그리 말할 수 있지만 나중에는 반드시 후회할 것이다. 특히 너처럼 아름다운 아이는 거울을 볼 때마다 망가진 얼굴에 눈물을 흘리게 될 게야."

"당장 만날 사람이 있습니다."

황은령은 힘겹게 몸을 일으켰다.

"백정의 자식이 진정 천외마국의 적통인지 꼭 확인해야겠습니다."

"확인한 후에… 또 도영과 싸우려는 것이냐?"

"모르겠습니다. 예전에는 철천지원수로 생각했는데 지금 생각하면 그저 어린 시절의 감정일 뿐이었습니다. 소녀가 대망나니의 팔을 잘랐으니… 도영이 오히려 더 나를 죽이고 싶어 하겠지요."

황은령의 어조가 왠지 처연했다.

"소녀가 그자와 다시 싸울지는 그자의 결정에 달려 있습니다. 천마성왕의 적통으로 천외마국을 계승하겠다면 당연히 죽여야 하겠지만… 자신의 혈통을 거부하고 천외마국과 맞서겠다면 잠시 동료가 될 수도 있겠지요."

무형쾌를 허리춤에 꿰찬 황은령은 다리를 절며 초옥 밖으로 나섰다.

풍진성수가 뒤따라 나서면 만류했다.

"무리하지 마라. 네 다친 눈이 회복되지 않을 수 있어."

"세상을 보는 데는 한쪽 눈만으로 충분합니다."

황은령은 정중히 예를 표했다.

"구해주신 은혜 잊지 않겠습니다. 그럼 이만."

그녀는 풍진성수가 잡을 겨를도 없이 훌쩍 몸을 날렸다. 몸이 불편해서인지 신형이 잠시 흔들렸지만 이내 균형을 잡고 숲 속으로 사라졌다.

풍진성수는 황은령의 강인한 의지에 혀를 내둘렀다.

"허어, 그것참. 사내나 계집이나 어째 고집이 똑같아."

3

뚝딱뚝딱……!

남궁세가의 재건은 빠른 속도로 진행되고 있었다.

고약한 탄내를 풍기는 잔해는 이미 말끔하게 치워졌고 그 자리에 석재와 목재, 기와 등 건축 자재가 수북하게 쌓여 있었다. 이 모든 물자는 전통의 명문 거파들과 무림세가들이 자청해서 지원한 것이다.

또한 인부들까지 대거 몰려와 남궁세가의 재건을 도왔고, 수백 명의 무사가 상주하며 행여 있을 침입에 대비했다.

순찰 무사들의 경계가 삼엄했기에 도영은 두 개의 초소를 거쳐서야 남궁세가 관할 구역 내로 들어설 수 있었다.

미리 통보를 받았는지 만박수재 남궁현이 새로 세워진 정자 부근까지 내려와 도영을 맞이했다.

"어서 오시오, 도 형. 천외마국에서 무사히 탈출했다는 소식을 듣고 얼마나 기뻤는지 모르오."

환한 그의 얼굴이 도영 혼자가 찾아온 것을 확인하고는 실망의 기색으로 물들었다.

"강 낭자는… 함께 오지 않은 거요?"

"사매가 잠밀문의 원칙을 내세워 세상 사람들과의 교류를 원치 않아 데려올 수가 없었소."

"잠밀문의 원칙······?"

남궁현은 공사 소음으로 소란스런 재건 현장을 쓸어보고는 쓸쓸한 고소를 머금었다.

"그랬구려. 강 낭자의 깊은 심기를 파악하지 못하고 그저 나 혼자 들떠 있었구려."

도영이 의아한 표정으로 물었다.

"그게 무슨 소리요?"

"강 낭자는 잠밀별부의 비급 수천 권을 내게 건네주었소. 그 엄청난 분량의 책자는 잠밀문 선대 제자들이 연구하고 보완해 놓은 명문 거파와 무림세가의 절기들이었소. 그것들 중 상당수는 실전된 절기였으니 각 문파로서는 감격스런 선물이 아닐 수 없었소. 덕분에 여러 문파에서 이렇게 물자를 보내오고 순찰 무사들을 파견해 본 세가를 지원해 주고 있는 것이오."

"남궁세가의 무림제일의 가문으로 칭송을 받게 되었으니 우리 잠밀문에서 자그마한 보상을 했다 생각하시오."

"소생이 진심으로 원하는 존재는 강 낭자였는데··· 무림계에 중흥을 일으킬 절기에 현혹돼 그만 강 낭자의 깊은 의도를 읽지 못했던 것이오."

남궁현이 크게 낙담하자 도영이 활달하게 응수했다.

"남궁 형, 나도 여러 번 시도했지만 사매는 고지식하게도 잠밀문의 원칙을 고수하겠다는 마음뿐인 것 같소. 남궁 형과는 평생의 지기로 남기를 바란다고 하였으니 그저 좋은 친구로 지내는 것이 어떻겠소?"

"그저 친구로 말이오?"

"그렇소. 내 생각에는 사매가 자신의 짧은 수명 때문에 남궁 형의 구애에 마음을 열지 못하는 것 같소. 일문의 며느리가 돼서 후사를 생산하지 못할 수 있으니 얼마나 부담이 되겠소."

충분히 타당성 있는 설득에 남궁현은 상심의 아쉬움을 조금은 씻을 수 있었다.

"도 형의 얘기를 들으니 강 낭자의 심정을 이해할 수 있겠소. 아둔하게도 내가 너무 연모지정에 빠져 강 낭자의 처지를 전혀 헤아리지 못했소."

"일단 사매의 칠음절맥이 해소되는 것이 우선이오."

"맞소. 주변의 도움으로 본 가의 재건이 원활하게 진행되고 있으니 이제 강 낭자의 절증을 치료하는 데 주력해 보겠소."

남궁현은 아직 물이 채워져 있지 않은 연못을 바라보았다.

"천외마국은 대체 어떤 세상이었소? 정말 궁금하구려."

"조만간 내가 안내하겠소. 직접 보아야만 천외마국의 실체를 이해할 것이오."

"그 말씀은……?"

"그렇소. 구천검제께서 나를 보자 하심이 천외마국과 일전을 겨루기 위함이 아니겠소?"

"도 형도 그리 생각하고 있었구려. 소생 또한 금검성의 통보를 받고 나름 짐작하였소. 천외마국을 토벌을 위한 무림대전이 전개된다면 소생은 기꺼이 선봉에 서겠소."

남궁현의 어조는 차분하면서도 힘이 넘쳤다. 가슴에 처절한 원한을 담고 있으면서도 이렇듯 감정을 자제할 수 있는 것은 높은 수양을 쌓았기 때문이라 할 수 있었다.

그런 그를 보며 도영은 자주 격한 감정에 부딪치는 자신이 행동에 부끄러움을 느꼈다.

'젊은 나이에 이렇듯 자신의 감정을 자제할 수 있는 사람도 흔치 않은데……'

이때 초소 쪽에서 약간의 소란이 들려왔다.

남궁현은 이미 짐작했는지 싱긋 미소를 띠었다.

"빙라호리가 왔나 봅니다."

과연 그의 예상이 틀리지 않았다.

초소를 지켜 선 경비 무사들을 밀치며 한 여인이 들어서고 있었다. 빙라호리 설한지였다.

"그래, 이 아가씨를 몰라본단 말이냐? 눈알을 왜 달고 다니는지 몰라!"

남궁현은 정자에서 내려서서 설한지를 맞이했다.

"어서 오시오, 설 소저."

"남궁세가가 갑자기 무림제일의 가문으로 추앙을 받더니 위세가 대단한데?"

"하하, 이제 기왓장을 올리고 있는 가문에 무슨 위세가 있겠소?"

"혹시 황금 기왓장을 올리는 거 아니야? 하기는 실전된 절기를 선사받은 문파들로서는 조사(祖師)가 살아온 듯 반가운 일이었겠지."

입에서 나오는 대로 이죽거리던 설한지는 정자 위에 서 있는 도영을 보고는 반색하며 뛰어올랐다.

"도영!"

설한지는 도영을 와락 끌어안았다.

"얼마나 걱정했는지 알아? 어쩌자고 악마의 소굴에 혼자 뛰어든 거야!"

"그나마 나 혼자 뛰어들었기에 무사히 탈출할 수 있었소."

"그래도 다시는 그런 미련한 짓은 하지 마."

"한데 보는 눈도 많은데 언제까지 포옹하고 있을 거요?"

주변을 쓸어본 설한지는 짓궂은 미소를 머금었다.

"너만 괜찮다면 입맞춤도 할 수 있어."

"여전하구려."

도영은 설한지를 가만히 밀어냈다.

남궁현이 정자 아래에서 나직이 소리쳤다.

"별채로 가십시다. 조경이 조금 갖춰져 있으니 차 한 잔 마실 정도는 되오."

설한지는 도영과 함께 정자에서 내려섰다.

"쓰디쓴 차는 왜 마셔? 술이라면 모를까."

"주안상도 준비하라 일어두겠소."

"됐어. 아버님이 기다리시니 어서 가봐야 돼."

"이거 너무 섭섭하지 않소?"

"난 전혀 섭섭하지 않으니까 개의치 마."

한데 도영이 남궁현에게로 다가섰다.

"난 아무리 바빠도 남궁현이 준비한 차는 한 잔 마셔야겠
소."

설한지는 인상을 찌푸리다가 몸을 돌렸다.

"뭐, 그러자고. 차 한 잔 마신다고 크게 늦어지는 것은 아
니니까."

설한지가 도영을 따라 앞서 걸어가자 남궁현은 어이가 없
는 듯 혀를 내둘렀다.

'여자 다루는 방법은 도 형한테 한 수 배워야겠어. 대가 세
기로 둘째가라면 서러워할 빙라호리를 저렇듯 꽉 잡았으니
말이야.'

4

혈훼궁을 고스란히 접수한 태사건은 재보를 점검 중에 있

었다. 백 년 이래 신비의 문파로 존속해 온 문파답게 혈훼궁의 무고와 보고에는 엄청난 재보가 쌓여 있었다.

흐뭇한 심정으로 궁을 둘러본 그는 귀명마공을 대동해 나선형 계단을 내려갔다.

그들이 이른 곳은 혈훼궁의 금역이었다.

"이곳이 혈훼마후의 절기가 숨겨져 있다는 사훼동이로군."

본래 천외마국의 원칙은 몰살이지만 태사건은 항복한 혈훼궁 여인무사들을 죽이지 않고 무공을 폐쇄해 노예로 삼았다. 혈훼궁을 파괴하지 않고 보존하겠다는 의도였다.

태사건은 순찰영주인 미호를 문초에 혈훼궁의 비밀을 듣는 와중에 사훼동에 대한 정보도 알게 되었다.

혈훼마후는 비록 천외마국에서 반도로 몰려 축출됐지만 최고 반열에 오른 절대고수였기에 태사건은 상당한 관심을 지니고 있었다. 사훼동을 연다면 천외마국 내에서 그가 수련하지 못한 새로운 절기를 얻을 수 있기 때문이었다.

태사건은 육중한 철문을 바라보며 회심의 미소를 지었다.

"황은령이라는 어린 계집이 이곳에서 잠시 수련했을 뿐인데 귀명마공과 맞설 만큼 절세급 수준에 이르렀다면 한번 열어볼 가치가 있소."

하지만 귀명마공의 반응은 냉랭했다.

"혈훼마후는 본 국의 반도요. 반도의 무공을 수련하는 것은 법도에 어긋나오."

"조금 너그럽게 생각합시다. 혈훼마후는 본 국의 반도 이전에 본 국의 제자이며 국주에 등극할 계승자의 신분에 이른 절세적인 재녀였소. 내가 듣기로 혈훼마후의 무공은 창건 조사 이후 최고라 하였소."

"듣기가 거북하오. 그런 비교는 현 국주이신 천마성왕 전하에 대한 폄하요."

"사부님을 비하자는 뜻은 아니오. 하지만 평가는 냉정해야 하지 않겠소?"

태사건은 육중한 철문을 가볍게 두드렸다.

"미호의 말에 따르면 기관장치로는 오직 한 번만 열 수 있다고 했소. 한데 황은령이 이미 열었으니 파괴할 수밖에 없겠군."

이때 나선형 계단 위에서 음성이 들려왔다.

"소군, 전하의 명으로 청목마상이 찾아왔소이다."

백금마상의 보고에 태사건은 가볍게 미간을 찌푸렸다.

"전하의 명이라고?"

주작혈후의 처소는 태사건의 집무실로 바뀌어 있었다.

태사건이 자리에 앉자 청목마상이 예를 올렸다.

"반도 혈훼궁 토벌을 감축드립니다."

"내가 행여 혈훼궁 하나 제압하지 못할까 봐 전하께서 지원군을 보낸 것인가?"

"그것이 아니오라 새로운 지시를 하명하셨소이다."

"어떤 지시를?"

"도 상공께서 무단으로 마국에서 떠났소이다. 하여 소군께서 도 상공을 제압해 귀환하라는 명을 내리신 거외다."

태사건의 표정이 심각하게 굳어졌다.

"상황을 보다 분명하게 전하게. 특히 도영의 탈출 상황에 대해 말일세."

"예, 소군."

청목마상은 금마궁 친위대까지 동원된 상황에서도 도영을 저지하지 못한 경위를 소상하게 보고했다.

태사건은 신중하게 고심하다가 작심하고는 지그시 이를 깨물었다. 그는 귀명마공과 백금마상, 청목마상을 찬찬히 쓸어보고는 차갑게 내뱉었다.

"귀명마공, 도영은 제 발로 마국을 떠났소. 그것도 본 국의 정예들에게 막대한 타격까지 가하고 말이오. 이는 명백한 반역이오. 한데도 전하께서는 그 자를 데려다 계승자로 삼으려 하고 있소. 과연 이것이 정당한 조치라고 생각하시오?"

귀명마공은 무심한 어조로 말을 받았다.

"무엇이 정당한지는 중요치 않소. 우리로서는 적통인 도 상공에게 왕위를 계승시키려는 전하의 의지를 따를 수밖에 없소."

"그자로 인해 본 국이 와해될 수도 있는데 말이오?"

"······!"

"그동안 계승 서열 일위는 나였소. 그런 내가 단지 혈통에 밀려야 하는 것이 과연 마국의 율법이오?"

귀명마공은 두 마상을 힐끗 보고는 표정을 굳혔다.

"말씀 삼가시오, 소군. 자칫 전하의 뜻에 거스르는 반역으로 몰릴 수 있소."

태사건의 눈에 은은한 살기가 감돌았다.

"가장 간단한 해법은 도영이 세상에서 사라지는 거요"

"소군······?"

"그로써 본 국은 안정을 찾을 수 있고 그동안 나를 추종했던 그대들도 자리를 지킬 수 있소."

적통 척살!

이는 명백한 반역이다. 하지만 그것이 소군의 지위에 있는 태사건의 입에서 흘러나왔기에 귀명마공과 두 마상은 갈등하지 않을 수 없었다.

도영의 척살을 묵인한다는 것은 천마성왕에 대한 배신이다. 그렇다면 당연히 태사건과 맞서야 하지만 여태껏 소군으로 섬겨온 마국의 계승자를 등지기에는 도영의 존재가 그들에게도 껄끄러웠던 것이다.

특히 잠밀문의 배신하고 천외마국의 일원이 된 청목마상은 도영의 계승을 가장 우려하고 있었다. 도영이 국주에 등극하는 순간 그의 목숨은 온전하기 어렵기 때문이었다.

청목마상은 태사건의 결연함을 간파하고는 앞서 동조했다.

"도 상공, 아니, 도영은 본 국의 숙적인 잠밀문의 제자외다. 그가 국주에 등극한다면 본 국은 더 이상 존속될 수 없으이다. 국주의 지위는 소군께서 계승하시는 것이 지극히 당연한 순리외다."

백금마상 역시 태사건을 지지하겠다는 의사를 표명했다.

"소신 역시 소군을 알 뿐 도영은 모릅니다."

두 마상의 동조를 이끌어낸 태사건은 귀명마공을 직시했다.

"귀명마공은 어찌하겠소?"

귀명마공은 한동안 침묵을 지키다가 우회적으로 대답했다.

"또 다른 계승자가 사라지면 소군이 국주의 지위를 계승하는 것이 원칙이오. 하지만 충성을 서약한 노신은 전하와 맞설 수 없소."

천외마국 최고 수뇌급인 삼공오상 중 세 사람을 포섭하는 데 성공한 태사건은 보다 적극적으로 역모를 꾀했다.

"다른 이공삼상 중 또 누가 우리에게 동조할 것 같소."

청목마상은 태극마공을 추천했다.

"태극마공이라면 소군을 적극 지원할 것이외다. 태극마공과 소신은 함께 남궁세가를 괴멸시켰기에 도영의 원한이 대단하외다."

"태극마공이 나서준다면 다른 삼상을 설득하는 것도 어렵지 않겠군. 문제는 문창마공인데……."

귀명마공이 건조한 어조로 말허리를 잘랐다.

"문창마공은 생각지 마시오. 소군이 회유하는 순간 역심을 간파해 소군을 제압하려 할 테니까."

"정말 어렵겠소?"

"노신은 문창마공과도 맞서지 않겠소."

귀명마공의 단호한 답변에 태사건은 회유를 포기했다.

"알겠소. 하면 문창마공에게는 비밀을 지킵시다."

태사건은 청목마상에게 시선을 돌렸다.

"도영의 행적에 대해서는 파악해 놓았소?"

"입수된 정보에 의하면 도영이 남궁세가를 떠나 금검성으로 향하는 중이라 하오이다. 지금쯤이면 금검성에 당도했을 것이외다."

"구천검제가 놈을 호출했다고……?"

태사건은 빠르게 생각을 굴리고는 자리에서 일어섰다.

"도영을 통해 본 국에 대한 정보를 입수하겠다는 의도로군. 놈은 혈통과 관계없이 본 국의 반역자이니 내 손으로 처단해야겠어."

귀명마공이 우려의 눈빛으로 그를 바라보았다.

"전하의 진노를 어떻게 감당할 생각이오? 우리 모두가 소군을 비호해도 전하의 진노를 해소하지 못하면 소군은 무사할 수 없소."

태사건은 싱긋 미소를 띠었다.

"설사 전하께서 나를 죽이려 하시겠소? 그랬다가는 본 국의 존속이 위태로워질 텐데?"

"낙관하지 마시오, 소군."

"알고 있소. 그 문제는 어떻게는 내가 해결할 테니 나에 대한 충성만 변치 마시오."

태사건은 천천히 걸음을 옮겼다.

"사훼동을 열어야 하니 귀명마공은 나를 지원하시오. 그리고 두 마상은 금검성에 있는 도영의 행적을 면밀하게 파악하시오. 놈이 금검성을 나오는 즉시 제거해야 하니까."

第五十四章
경천동지의 격돌

刀皇
1

대별산 자락의 금검성.

성내의 넓은 연무장에서는 검수들이 열을 지어 검법을 수
련하고 있었다. 백 명도 넘는 검수들의 수련이기에 한 번 검
을 휘두를 때마다 예리한 파공성이 주변을 진동시켰다.

설한지와 함께 금검성으로 들어선 도영은 진검으로 수련
에 임하고 있는 검수들의 모습에서 예전과 다른 긴장감을 감
지할 수 있었다.

"조만간 출동 명령이 내려질 거야. 아마 본 성 전체가 출전
할지도 몰라."

설한지가 사뭇 기대되는 어조로 말하자 도영이 나직이 나

무랐다.

"여자가 웬 싸움을 그리 좋아하는 거요."

"사내들만 싸우라는 법 있어? 그리고 내가 뭐 좋아서 싸우는지 알아? 죽여야 할 놈들을 죽일 수 있어 좋은 거지 싸움 자체를 좋아하는 것은 아니야."

"굳이 변명할 것 없소."

"뭐가 무섭다고 내가 변명을 하겠어?"

쌍심지를 돋우던 설한지는 도영의 표정을 힐끗 살피고는 목소리를 낮추었다.

"나도 알고 보면 부드러운 데가 있는 여자라고."

그러자 옆에서 호쾌한 웃음소리가 터져 나왔다.

"하하핫! 너한테도 부드러운 면이 있다고?"

소성주 설무형이 다가서며 이죽거렸다.

"하기는 네가 도영에게 하는 것을 보면 드센 말괄량이만은 아닌 것 같구나."

도영이 설무형을 향해 정중히 포권을 취했다.

"형님도 계셨군요."

"어서 가세나. 아버님께서 기다리시네."

"알겠습니다."

도영은 설무형 남매와 함께 구천검제의 거처인 금성으로 향했다.

스스슥……!

병풍처럼 펼쳐진 천병암 바위 벼랑에 검흔이 새겨졌다가 이내 스러지기를 반복했다.

푸른 도포 자락을 나부끼며 목검을 휘두르는 노인은 마치 한 마리 학처럼 유연했다. 마치 보이지 않은 구름을 밟고 이동하듯 벼랑 위를 오르내리는 그의 몸놀림은 산책을 위해 선동(仙洞)을 나선 선인처럼 보였다.

이를 올려보고 있는 도영은 감탄을 금치 못했다.

'그야말로 검선(劍仙)의 경지야.'

푸른 도포의 노인은 다름 아닌 금검성주인 구천검제 설천후였다.

검법 연마를 마친 설천후는 바닥으로 내려서며 목검을 병기대에 꽂았다.

"고생이 많았겠구나."

인사조차 생략한 설천후는 낙락장송 아래 놓여 있는 탁자로 도영을 이끌었다.

"앉아라."

"예, 성주. 오랜만에……."

"인사는 무슨."

설천후는 소매를 저어 말을 막고는 차를 따라주었다.

"네가 무사한 것을 보니 천외마국이 풍문처럼 마귀들의 세상은 아닌 것 같구나?"

"저 혼자였다면 탈출이 불가했을 겁니다. 모두 사매 덕분이었습니다."

"그래, 잠밀문의 제자들이 아니었다면 불가했겠지."

설천후는 도영을 쓸어보고는 담담히 미소 지었다.

"네 기도가 이제 안으로 갈무리되었구나. 능히 도왕(刀王)의 경지이다. 네 나이에 이런 성취를 이룬 도객은 흔치 않지."

"모두 성주의 높은 가르침 덕분입니다."

"당치 않다. 노부는 그저 숫돌을 내주었을 뿐인데 네 스스로 잘 간 게지."

설천후는 차를 따라주며 말을 이었다.

"패왕성주가 전격적으로 회동을 제의해 왔다. 더 이상 천외마국의 횡포와 침공을 용인할 수 없으니 결단을 내자는 회동이다."

"천외마국과 일전을 겨루는 겁니까?"

"그래. 사실 남궁세가의 가슴 아픈 참화 때부터 전 무림이 가슴에 품고 있었던 분노가 이제 표출될 거라 할 수 있지. 백병궁도 동조했고 녹황맹에서도 회동에 참가하기로 했다."

"녹황맹도 말입니까?"

"녹황맹은 천사궁의 숨통을 끊은 집단이다. 천사궁의 잔당을 흡수한 녹황맹은 능히 쌍성과 버금갈 만큼 강맹해졌지. 지금은 흑도 최강의 세력이라 할 수 있다."

"녹황맹에 어렸을 적 동무가 있기는 하지만… 크게 믿을 만한 자들은 못 됩니다."

"그래도 저들이 천외마국과 동조하지 않은 것이 어디냐? 만일 저들이 천외마국과 손을 잡는다면 무림대전은 백도의 패배를 피할 수 없다."

설천후는 차를 한 모금 마시고는 천병암으로 시선을 돌렸다.

"네가 혹 알고 있는지 모르겠지만 삼궁 중 하나인 혈훼궁이 와해된 듯하구나."

도영으로서는 전혀 예상치 못한 소식이었다.

"예에? 혈훼궁이… 말입니까?"

"개방에서 입수한 정보인데 은밀하게 이동한 천외마국 무리가 무산으로 진입했다고 하더구나. 혈훼궁의 분명한 소재는 몰라도 무산에 있는 것으로 아는데 아마도 저들의 표적이 혈훼궁으로 추정된다."

"혈훼궁이 무산 상운곡에 있으니 천외마국이 혈훼궁을 노린 것이 확실합니다."

"정확한 결과는 알 수 없지만 많은 여인들의 시체가 무산협의 드센 물살을 통해 발견되었다고 하였다. 천외마국의 잔악성을 감안하면 혈훼궁 전 제자들이 몰살되었을 가능성이 크다."

"……."

도영은 가슴이 답답해졌다. 혈훼궁에 대해 전혀 호감은 없지만 한 여인의 생사만큼은 마음에 걸렸다.

소궁주 황은령.

그녀의 죽음이 이처럼 그를 자극할 줄은 그 스스로도 의외였다.

설천후는 빈 찻잔에 차를 따랐다.

"남궁세가에 이어 천사궁이 와해되고 혈훼궁이 참화를 당했다. 이제 또 어느 문파가 참변을 당할지 모르는 상황이다. 그래서 이번 회동에 천외마국의 토벌이 결의되겠지만 문제는 누구도 천외마국에 대해 제대로 알지 못한다는 데 있다. 한데 네가 천외마국에 잠입했다가 탈출했으니 모두에게 큰 도움이 될 것 같구나."

"제가 본 것이 도움이 된다면 모두 말씀드리겠습니다."

도영은 천외마국의 조직과 수괴들, 그리고 전반적인 구조에 대해 상세하게 말해주었다.

"제가 금마궁 친위마병들과 겨루기는 했지만 얼마나 더 무서운 마귀들이 있는지는 잘 모르겠습니다."

"그래, 그 정도 들은 것만으로도 큰 도움이 되었다."

설천후는 물끄러미 도영을 바라보며 물었다.

"솔직히 노부가 가장 궁금하게 생각하는 것은 천외마국의 전력이 아니라 네가 왜 무모하게 저들의 소굴에 뛰어들었느냐이다. 대체 왜 그리했느냐?"

구천검제에게는 굳이 숨기고 싶지 않기에 도영은 솔직하게 털어놓았다.

"제 생모인 화우를 찾기 위함이었습니다. 화우는 천민 부락에서 저를 낳아 놓고 떠난 여인입니다."

"네 생모가 천외마국과 관련이 있단 말이냐?"

"예, 제가 지녔던 신패에 천외마국 왕족의 문장이 새겨져 있었습니다."

설천후의 흰 눈썹이 가볍게 꿈틀거렸다.

"그래… 네 생모는 만났느냐?"

"만났습니다. 자신이 화우라고 밝혔던 여인은 놀랍게도 천마성왕의 아내인 화후였습니다."

"으음……!"

설천후의 입에서 무거운 침음이 흘러나왔다. 여간해서는 감정을 드러내지 않은 당세의 노검객이었지만 도영의 출신은 너무도 큰 충격이 아닐 수 없었다.

"네가… 마왕의 아들이라니!"

설천후는 푸른 하늘로 시선을 올렸다.

"내 평생 이렇듯 혼란스럽기는 처음이다."

"저 역시 혼란스럽고 제 자신이 저주스러웠습니다. 하지만 결단을 내린 이후 마음이 편해졌습니다. 제 생모가 화후인 것은 맞지만 제 아비는 마왕이 아닙니다."

"부인한다고 핏줄이 달라지지 않는다. 천륜을 어찌 무시하려는 것이냐?"

"부인하려는 게 아닙니다. 제 아버지는 천마성왕이 아니라 수서촌의 대망나니 도치입니다. 제가 도부라고 부르는 그 사람이 바로 제 아버지입니다."

도영의 결연한 모습에 설천후는 잠시 그를 주시하다가 찻잔을 입으로 가져갔다.

"너는 천마성왕과의 대결도 마다하지 않을 생각이구나?"

"그렇습니다. 제가 천외마국을 계승하려 했다면 왜 탈출했겠습니까?"

"너의 신분 내력은 너무도 뜻밖이다. 하지만 너무 고뇌하지 마라. 천마성왕과 겨룰 사람은 네가 아니라 노부이니까."

도영은 가볍게 손을 모았다.

"성주께서 마왕을 상대해 주신다면 저로서도 조금은 홀가분합니다. 다른 마두들은 제가 처단하겠습니다."

설천후는 가슴까지 늘어진 흰 수염을 내리쓸며 깊이 탄식했다.

"네가 마를 버리고 정을 택했으니 천하로서도 다행한 일이다. 하지만 부자(父子)가 마정으로 갈렸으니 이 어찌 비극이 아니겠느냐?"

"제 출생에 대해서는 더 이상 괴로워하지 않겠습니다. 이것이 운명이라면 그것을 극복하는 것 또한 제 운명입니다."

설천후는 손을 뻗어 도영의 손을 쥐었다. 노인의 손답지 않

게 따뜻함이 묻어 나오는 손길에 도영은 절로 가슴이 편안해
졌다.

"도영, 너의 지금 처지는 도황(刀皇)의 칼을 목전에 둔 도객
과 같구나. 모든 것을 버려야만 지극함에 이를 수 있듯이 너
의 비극적인 출생을 버려야만 네 운명을 다시 세울 수 있다.
너의 굳은 의지가 너를 이끌 것이다."

도영은 깊은 생각에 잠겨 금검성주의 거처인 금성을 나섰
다. 구천검제와는 두 번 만났을 뿐이지만 오래전부터 가르침
을 받아온 것처럼 그에게 깊은 인상을 주었다.

구천검제와 천마성왕의 대결.

생각만 해도 가슴이 저린다.

당연히 구천검제의 승리를 기원하지만 천마성왕이 죽지
않기를 바라는 마음은 핏줄이 지닌 본능이었다.

도영은 고개를 흔들어 상념을 떨쳐 냈다.

'어떤 결과든 운명으로 받아들이겠다.'

문밖에서 기다리고 있던 설무형 남매가 다가왔다.

"아버님이 뭐라셔, 도영?"

"곧 사패 종주들의 회동이 있다 하셨소."

"치이, 한갓 녹림 도적놈들이 사패의 한자리를 차지하다
니. 참, 도적놈들 중에 네 친구도 있으니 함부로 말하면 안 되
겠구나?"

"이미 할 말은 다 한 것 같소."

도영은 설무형에게 포권을 취했다.

"소제는 이만 가보겠습니다, 형님."

"그게 무슨 소리인가? 먼 길을 찾아왔는데 식사 정도는 해야지."

"급히 가볼 곳이 있어 다음으로 미루겠습니다."

설한지가 얼른 끼어들었다.

"어디인지 몰라도 내가 동행할게."

"아니오. 나 혼자 가야 하오. 그럼."

도영은 설한지의 제의를 일축하고는 돌아섰다.

"도영!"

설한지가 쫓아가려 하자 설무형이 그녀의 손목을 쥐었다.

"이제 그만해라."

"뭘 그만하라는 거야?"

"도영을 그만 놓아줘."

"내가 뭐 어쨌다고? 그냥 친구로 지내겠다고 했잖아?"

"그럼 우정만 생각해. 혼자 가겠다고 했으니 그냥 보내주는 게 친구다."

설한지는 입술을 삐죽이다가 오라비의 손을 밀쳤다.

"친구가 행여 다칠까 봐 걱정해 주는 것도 우정이야!"

매몰차게 돌아서는 여동생을 향해 설무형이 호기롭게 외쳤다.

"이 녀석아, 어깨 펴! 내가 아버님을 모시고 회동에 다녀와야 하니 그동안 성을 책임져라! 그 정도는 할 수 있겠지?"

2

혈훼궁 사훼동.

견고한 철문은 일부가 파괴된 채 반쯤 열려 있었다. 무엇이든 관통한다는 탈명전광비에 의해 철문이 구멍 나면서 귀명마공이 철문을 파괴한 것이다.

동부 안은 의외로 어둡지 않았다.

한쪽 벽에 뚫려 있는 여러 개의 환기창을 통해 바람과 함께 빛이 스며들었고, 커다란 동경에 반사된 빛이 동부 곳곳을 환히 밝히고 있었다.

석벽을 파내 형성된 작은 방에는 하나의 수정관이 놓여 있었다. 관 안에는 허연 빙기(氷氣)에 싸인 중년여인이 누워 있었다.

혈훼궁의 창건 조사인 혈훼마후.

천외마국 최고의 재녀였지만 권력 다툼에 밀려난 비운의 여인이다. 사훼동 벽에 새겨져 있는 무수한 구결과 흔적은 그녀가 죽기 직전 남긴 심득이었다.

태사건은 사훼동 전체에 그어진 칼자국에 심취해 있었다.

"대단하군. 이런 도법은 천외마국에도 존재하지 않소."

귀명마공은 평생 칼을 다뤄온 도객답게 그 가치를 보다 깊이 인식하고 있었다.

"이 수법은 지극히 강력한 살인 초식이오. 아마도 귀명사신의 살인 초식들을 하나로 융합한 것 같소."

"귀명삼절식은 이미 완성된 초식인데 그게 가능하단 말이오?"

"천외마국에서 축출된 혈훼마후가 무엇을 꾀했겠소? 아마도 천외마국의 어떤 마공도 격파할 수 있는 절기를 창안하려 했을 것이오."

귀명마공은 석벽에 새겨진 칼자국을 손으로 더듬었다.

"하지만 죽음이 앞섰기에 완벽하게 창안하지는 못한 것 같소. 몇 군데의 도혼이 불안정하오."

"귀명마공이 보완할 수 있겠소?"

"노신의 능력으로는 불가하오. 전하께서라면 가능하겠지만."

태사건의 입가에 희미한 미소가 피어올랐다.

"당치 않소. 이 절기는 그대와 나 둘만 알고 있어야 하오. 미완성인 부분은 깊이 연구해 보완하도록 합시다."

그는 천장과 바닥에 사방 벽에 선명한 도혼을 쓸어보며 꿈틀거리는 야망을 보다 강렬하게 불태웠다.

"마극파천황(魔極破天荒)! 이 초식으로 혈훼마후의 백 년 통한을 내가 해소시켜 주겠소."

이때 철문 밖에서 청목마상의 다급한 음성이 들려왔다.

"소군! 도영의 행적이 포착되었소이다!"

태사건은 철문을 향해 걸음을 옮겼다.

"어디인가?"

"행적이 무산 방향임을 미루어 이곳 혈훼궁을 찾아오는 것으로 추정되오이다."

철문을 나선 태사건은 회심의 미소를 흘렸다.

"훗, 놈이 죽을 자리를 아는군."

태사건은 귀명마공과 청목마상을 대동해 나선형 계단을 올랐다.

"슬슬 마중을 나가보기로 할까?"

3

무산 자락의 은백림.

풍진성수의 초옥을 나선 황은령은 장강을 건너 혈훼궁으로 향하고 있었다.

도영을 만나 출생 내력을 확인하는 것은 차후의 일이었다. 이미 천외마국에 의해 점거되었겠지만 혈훼궁을 찾아가 상황을 알아보는 것이 우선이었다.

'설마 모두가 죽지는 않았을 거야.'

그녀는 주작혈후의 비통한 최후를 되새기며 마음을 다잡

왔다.

'혈훼궁은 내가 재건한다. 모두가 죽고 나 혼자 남았다 해도 반드시 재건해 잔악한 원수들에게 복수하겠다!'

문제는 의지를 뒷받침할 수 있는 힘이었다.

그녀가 비록 전설의 칼인 무형쾌를 소지하고 있지만 무형쾌만으로는 세상을 벨 수 없었다. 무형쾌를 제대로 다룰 수 있는 절세적 무공이 필요했다.

황은령이 위험을 무릅쓰고 혈훼궁을 찾아가려 하는 이유가 바로 거기에 있었다.

혈훼마후의 절기가 새겨져 있는 사훼동.

황은령은 사훼동에 입동해 나름대로 수련을 했지만 정작 중요한 절기는 배우지 못했다. 그 연유는 사훼동에 소장돼 있는 무형쾌 때문이었다.

전설의 칼에 매료된 황은령은 다른 절기는 마다한 채 일초 쾌도만 수련하는 데 그쳤다.

지금 생각하면 후회스러운 나태함이었다.

'먼저 조사님의 절기를 터득해야 했어. 연후 무형쾌를 쥐었어야 하는데… 무형쾌의 전설적인 명성에 현혹돼 너무 과신했다.'

천외마국에 의해 혈훼궁이 와해되었다 해도 사훼궁만 온전하면 재건이 가능하기에 그녀는 희망을 품었다.

'그 악도들이 사훼동만 훼손하지 않았다면 혈훼궁은 재건

될 수 있다.'

신법을 멈춰 세운 황은령은 개울가에 내려서며 잠시 휴식을 취했다.

얼굴 한쪽에 덮어 씌워진 약초의 약효가 다 되었는지 통증이 심했다. 눈이 가려진 상태라 답답했지만 행여 실명의 우려가 있어 함부로 붕대를 풀고 약초를 뜯어낼 수도 없었다.

'시력만 회복되면 돼. 용모 따위는 중요치 않아.'

황은령은 손으로 물을 떠서 잠시 갈증을 씻어내고는 몸을 일으켰다.

이때 파공성과 함께 여러 명의 도사들이 주변으로 내려섰다. 팔괘의를 걸쳐 입은 도사들은 모두 검을 멨는데 수행자들답지 않게 표정이 잔뜩 경직돼 있었다.

중년 도사는 황은령이 여인임을 확인하고는 정중히 예를 표했다.

"무량수불, 놀라게 했다면 사과드리겠소. 잔악한 살인마를 쫓고 있는 중이라 순간적으로 사람을 오인하였소. 빈도는 무당의 제자인 운애(雲崖)라 하오."

황은령은 상대가 무당의 제자라는 사실에 다소 놀랐지만 자신의 신분을 드러내지 않고 차분하게 응수했다.

"이제 보니 무당의 고명하신 도인이셨군요."

"낭자는 혹시 도주하는 자를 보지 못했소?"

"전혀요. 한데 대체 어떤 자가 무당의 제자들을 해쳤단 말입니까?"

"탈명귀도요."

황은령은 눈을 상큼 치켜떴다.

"아, 그 살인마의 악명은 익히 들었는데 이제 무당의 제자들까지 해쳤단 말입니까?"

"어디 본 문의 제자뿐이겠소? 살인마는 금검성과 패왕성의 제자들까지도 무참하게 살해하였소. 과거의 귀명사신도 이보다는 악랄하지 않았을 것이오. 그럼 이만."

운애 도장은 크게 격분하고는 제자들과 함께 개울을 따라 내려갔다.

황은령은 물끄러미 그들을 바라보다가 눈을 가늘게 떴다.

'정유건, 네가 피에 굶주린 살인귀가 되었구나!'

그녀는 탈명귀도가 정유건임을 진즉부터 알고 있었다. 정유건에게 귀명쌍절식을 전수해 준 사람이 바로 그녀였고 귀명사신의 최후 절초를 건네준 사람이 주작혈후이지 않는가.

"정유건, 너의 귀도로 정작 베어야 할 자들은 천외마국의 악도들이다. 그것이 비통하게 타계하신 내 사부님에 대한 보답이기도 하지."

황은령은 붕대로 둘러진 얼굴을 매만지고는 몸을 돌렸다.

이때였다. 무당파 제자들이 달려간 방향에서 처절한 비명 소리가 울려 퍼졌다.

"크아악!"

"으악!"

멀지 않은 거리여서인지 피비린내까지 풍겨지는 것 같았다.

황은령은 고개만 돌려 잠시 바라보다가 이를 무시했다.

그녀는 도영을 추포하기 위해 정유건을 잠시 이용했을 뿐이기에 개인적인 원한이며 호감도 없었다. 그와는 다툴 이유도 없기에 굳이 싸움에 개입할 필요성을 느끼지 못했다.

한데 음습한 기운과 함께 하나의 인영이 황은령을 향해 날아들었다.

장발괴인은 어깨에 걸친 칼을 냅다 내려쳤다.

번— 쩍!

아찔한 광휘와 함께 붉은 도기가 뿜어지며 악귀의 손톱처럼 황은령을 휘감아왔다. 귀명삼절식 중 하나인 혈인삼단참이었다.

일순 황은령의 눈에 싸늘한 살기가 피어올랐다. 빛과 소리도 없는 가운데 무형쾌가 발출되었다.

"엇?"

경호성을 터뜨린 장발괴인은 급히 살초를 회수했다.

섬뜩한 기운을 발하며 날아들던 핏빛의 도기가 허공에서 폭발하며 소멸되었다.

황은령 앞으로 내려선 장발괴인은 이마를 가린 머리카락을 한쪽으로 쓸어 넘겼다. 검은 안대로 눈 하나를 가린 괴인은 다름 아닌 탈명귀도 정유건이었다.

"넌… 황은령……?"

황은령은 도도하게 턱을 치켜들며 꾸짖었다.

"네놈이 감히 누구한테 칼을 휘두르는 것이냐?"

"크크! 네 꼴이 그게 뭐냐? 어떤 놈한테 농락을 당했기에 잘난 낯짝까지 상한 것이냐?"

"네놈은 알 것 없어!"

황은령은 냉랭하게 쏘아붙이고는 돌아섰다. 그런 그녀의 등 뒤로 정유건의 비릿한 음성이 날아들었다.

"나를 만나 살아난 놈이 없는데 누구 마음대로 가려는 것이냐?"

황은령이 우뚝 걸음을 멈추었다.

"네놈이 알량한 귀명삼절식을 믿고 감히 나와 맞서려는 것이냐?"

"크크, 귀도와 쾌도의 대결이면 흥미롭지 않겠느냐?"

"그렇게 죽고 싶으냐?"

"죽음 따위에 연연할 내가 아님을 잘 알 텐데?"

정유건은 절뚝거리며 황은령 앞을 막아섰다.

"네년한테는 별거 아닐지 몰라도 내 인생은 네년 때문에 망가졌다."

"너같이 천한 놈한테 망가질 인생이라도 있었던 것이냐? 나 때문에 잠시 원하던 계집을 품었으니 오히려 감사를 올려야 마땅하다."

"크크, 내 눈알을 후벼 파고 내 다리까지 절게 만든 계집한
테 감사를 올리라고?"

"너같이 천한 놈은 그렇게 다뤄야 했다."

정유건은 심한 모욕을 당하고도 유들유들하게 이죽거렸
다.

"오냐. 나는 그렇다 쳐도 그렇게 잘난 네년도 별수가 없구
나? 혹시 혈훼궁에서 쫓겨난 것이냐?"

"꺼져라! 천박한 네놈과 말을 섞는 것도 역겨우니까!"

"네년이 왜 칼을 뽑지 않는 것이냐? 내 칼에 죽을까 두려운
것이냐?"

정유건의 도발에 황은령은 더 이상 참지 못하고 무형쾌를
발출했다. 빛과 소리도 없었지만 정유건은 이미 대비를 하고
있었던 터라 앞서 몸을 날려 숲 속으로 뛰어들었다.

"추악한 새끼! 살려두지 않겠다!"

황은령은 정유건을 뒤쫓으며 재차 무형쾌를 휘둘렀다. 잇
단 폭음과 함께 아름드리 거목이 연이어 꺾었다.

정유건은 점점 깊은 숲 속으로 황은령을 유인했다. 맞서 싸
우기에는 무형쾌가 너무나 강력한 병기이기에 반격의 기회를
노리기 위함이었다.

누구도 죽일 수 있는 혈영잔황쇄(血影殘荒碎)!

그런 절대 살식을 터득했기에 상대가 아무리 전설의 칼을

지니고 있어도 두렵지 않은 것이다.

무산 기슭.

표풍비운술을 해소한 도영은 무산 기슭으로 내려섰다. 금검성을 떠나 그가 찾아온 곳은 혈훼궁이었다.

혈훼궁이 천외마국의 침공을 받았다면 참혹하게 와해된 남궁세가처럼 이미 초토화되었을 것이지만 자신의 눈으로 확인하고 싶었다.

혈훼궁과는 한때 감정의 골이 깊었지만 주작혈후를 만나 자신의 출생 내력을 알게 되었기에 과거의 원한은 접고 싶었다.

천외마국을 공동의 적으로 둔 처지임을 감안하면 혈훼궁의 괴멸은 큰 아쉬움이었다. 하지만 도영이 굳이 혈훼궁을 다시 찾아온 이유는 황은령 때문이라 할 수 있었다.

돌이켜 보면 그와 황은령은 악연으로 시작되었다.

당시 귀공녀였던 황은령을 무시한 탓에 혹독한 매질을 당했으나 천민으로 전락한 황은령과의 재회는 전혀 뜻밖이었다.

이후 강호에서 만나 수차례 격돌을 벌였다. 그 와중에 투천정 시절의 친구인 정유건과 헤어지고 구완서가 과거를 잃게 된 것도 황은령 때문이라 할 수 있었다.

가장 큰 상처는 황은령이 도치의 팔을 벤 일이었다.

그때는 극도로 분노해 황은령을 죽이려 했지만 오히려 주작혈후의 배려로 목숨을 잃지 않았고 생모의 신패를 통해 자신의 출생 내력을 알게 되었다.

황은령에 대한 도영의 감정은 미움[憎]이 강할 뿐 원(怨)은 아니었다. 하기에 그녀의 죽음은 가슴 한 자락이 베어진 듯 안타깝기만 했다.

'워낙 독한 계집이라 죽었다는 사실이 믿기지 않지만… 천외마국의 침공을 받았다면 살아남지 못했을 거다.'

도영은 공연히 한 소리를 내뱉었다.

"내 손으로 죽여야 할 계집이었는데……"

일순 음습한 기운을 감지한 그는 허리춤에 찬 여명도를 가볍게 쥐었다.

휘휘—!

연이은 파공성과 함께 수십 명이 내려서며 도영 주변을 에워쌌다.

붉은 옷에 검은 피풍의, 이마에 두른 푸른 두건.

천외마국 청마대 소속 마병들이었다.

이어 귀명마공과 청목마상이 도영 앞으로 내려섰다. 도영을 주시하는 그들의 눈빛은 곤혹스럽기만 했다.

도영이 오랜 세월 천외마국과 맞서 싸웠고 일전에는 천외마국을 탈출하면서 상당한 피해를 입힌 자였지만 국주의 혈육인 만큼 함부로 대할 수가 없었다.

귀명마공은 가볍게 포권을 취했다.

"도 상공을 뵙소."

"귀명마공이 이곳에는 어쩐 일이오?"

"전하의 엄명을 받아 본 국의 반도인 혈훼궁을 토벌하기 위해 출전하였소."

도영은 귀명마공 뒤로 보이는 계곡을 바라보았다.

"혈훼궁은 어찌 되었소?"

"주작혈후를 비롯한 수뇌급을 모조리 제거하고 혈훼궁을 접수했소."

"소궁주 황은령도… 죽은 거요?"

"그 계집은 벼랑 아래로 몸을 던졌소. 아마 분신쇄골을 면 치 못했을 거요."

"……."

이미 예상하고 있었지만 막상 황은령의 죽음을 자신의 귀로 확인하자 심정이 우울했다.

귀명마공은 그를 직시하며 건조한 음성으로 물었다.

"상공께서는 마국으로 귀환하실 의향이 있으시오?"

"그럴 생각이면 내가 애써 탈출했겠소?"

"노신이 강제로 모셔가려 한다면 어찌하시겠소?"

"과연 그럴 능력이 있는지 모르겠군."

도영의 표정을 통해 강한 적개심을 확인한 귀명마공이 단호하게 말했다.

"노신은 도 상공을 어떻게든 모셔오라는 전하의 명을 수행해야만 하오. 무력을 사용해도 양해하시오."

도영은 차가운 복수심에 젖어 거칠게 내뱉었다.

"그래, 재주껏 나를 잡아가라!"

귀명마공은 무거운 한숨을 내쉬고는 옆으로 한 걸음 물러섰다.

"도 상공의 의지를 분명하게 확인했으니 이제 약속대로 소군의 뜻에 따르겠소."

도영은 의아한 표정으로 한쪽 눈썹을 슬쩍 치켜 올렸다.

'소군이라면 천마성왕의 직계제자라는 무풍군을 말함인가?'

귀명마공과 청목마상이 정중히 예를 표하는 사이로 금포 청년이 모습을 드러냈다. 천하의 미장부라 해도 부족함이 없는 미청년은 물론 태사건이었다.

태사건을 대하는 순간 도영의 머릿속에서 천둥이 울려 퍼졌다. 귓속이 웅웅거리며 절로 피가 끓어올랐다.

"태사건! 네놈이… 천외마국의 무풍군이란 말이냐?"

뒷짐을 진 태사건은 여유로운 미소를 띠며 응수했다.

"하하, 그 무슨 대단한 비밀이겠느냐? 세상의 어리석은 자들이 전혀 눈치채지 못했을 뿐인데."

"하면… 천마성왕이 바로 십절무제……?"

"그렇다. 전하께서 잠시 세상을 주유하며 무공을 시험하신 거였다."

"진정 교활하고 사악하구나! 세상을 우롱하는 것이 그리도 재미있더냐?"

"우롱이 아니다. 황제가 세상을 살피기 위해 밀행을 나서듯 전하께서도 그리하셨을 뿐이다."

"그것을 변명이라고 하는 것이냐, 이 비열한 작자야! 네놈이 여산에서 야우오도를 살해할 때부터 네놈의 사악함을 익히 알고 있었다!"

도영의 강한 반발에 태사건은 가는 미소를 머금었다.

"도영, 네가 이렇듯 본 국에 대해 적개심을 지니고 있으니 적통이라 하여 어찌 국주에 등극할 수 있겠느냐?"

도영은 비로소 자신을 향해 쏟아지는 엄청난 살기를 감지할 수 있었다.

'이놈은 이미 나를 죽일 살심을 품고 있었구나.'

이것이 천마성왕의 지시인지는 중요치 않았다.

천외마국 소속이라면 모조리 죽이고 싶은 그였기에 오히려 마병들의 살기를 반겼다. 그런 자들이라면 죽이는 데 있어 조금도 주저하지 않아도 되기 때문이다.

태사건은 천천히 자청검을 뽑아 들었다.

"난 이십 년 넘게 천외마국의 계승자였다. 한데 갑자기 혈통 하나 때문에 그 지위를 잃게 되었으니 얼마나 분통한 일이겠느냐?"

"그래서 나를 죽이고 계승자 지위를 유지하겠다?"

"당연하지 않느냐? 너만 죽으면 바뀌는 것은 하나도 없으니 말이다."

여명검의 손잡이를 감아 쥔 도영은 태사건을 직시했다.

"태사건! 이날을 손꼽아 기다렸다. 야우칠도의 명예를 위해 오로지 은천야우칠절식으로만 네놈을 상대해 주겠다."

"훗, 야우칠도의 잡기로 내 상대가 되겠느냐?"

"야우칠도의 잡기에 죽게 될 너는 얼마나 형편없는 놈이겠느냐?"

"하핫, 기대가 되는군."

순식간에 다가선 태사건이 자청검을 휘둘렀다. 아찔한 광휘에 마병들은 모두 소매로 눈을 가렸다.

차앙……!

맑은 금속성과 함께 두 자루 병기가 교차되었다. 양측 모두 경이로운 쾌도와 쾌검의 소유자였기에 첫 번째 대결은 우열을 가리기가 힘들었다.

태사건은 경멸의 미소를 머금었다.

"네 쾌도가 야우칠도보다 낫구나."

야우칠도를 깎아내려 도영의 감정을 흔들겠다는 심리전이었다. 이에 도영은 무심하게 응수했다.

"마국의 잡기보다 은천야우칠절식이 한 수 위이기 때문이다."

도영은 빙글 회전하면서 무수한 검영을 만들어냈다. 백 개의 변초와 천 개의 칼 그림자가 형성된다는 백변천환. 마치 거대한 유성우가 쏟아지는 듯한 엄청난 기세였다.

　태사건은 현란한 신법을 이용해 백변천환을 피해내면서 반격을 가했다.

　"차앗!"

　검극에서 연이어 자줏빛 검기가 뿜어졌다. 자전강기가 실린 강력한 검기였다.

　도영은 내리꽂히는 검기를 직시하며 정면으로 격돌했다.

　"폭풍전도!"

　맹렬한 소용돌이가 피어오르는 가운데 번갯불이 번쩍거렸다. 양측의 검기와 도기가 교차하자 귀명마공이 급히 물러서며 외쳤다.

　"물러서라!"

　청목마상을 비롯한 청마대 마병들 역시 심한 압박감을 느끼며 포위망을 넓혔다. 그때였다.

　콰아앙!

　하늘이 찢어지는 듯한 무시무시한 폭음이 작렬하며 검기와 도기의 파편이 사위를 휩쓸었다. 지표는 갈퀴로 긁은 듯 파헤쳐졌고, 붉고 푸른 검기와 도기의 파편들이 한꺼번에 내리꽂히면서 십 장 이내가 초토화되었다.

　그 바람에 미처 물러서지 못한 마병 이십여 명이 허무한 개

죽음을 당하고 말았다.

　엄청난 폭음은 두 개의 능선을 넘어 은백림까지 울려 퍼졌
다. 마치 숨바꼭질처럼 서로 기습을 벌이던 정유건과 황은령
은 흠칫 놀라며 갈라섰다.

　능선 저편에서 들려오는 연이은 폭음에 황은령은 짙은 아
미를 치켜 올렸다.

　'혈훼궁 진입로인 상운곡 방향인데……? 이런 폭음이라면
절세급 고수들의 격돌이다.'

　황은령은 다소 작위적이지만 한 가닥 희망을 품었다.

　'혹시 본 궁 제자들이 아직 생존해 있는 것은 아닐까?'

　그녀가 폭음이 들려오는 방향으로 몸을 날리자 정유건이
뒤를 쫓으며 놀려댔다.

　"비겁하게 도주하려는 것이냐?"

　"닥쳐! 네놈은 잠시 후에 죽여주겠다!"

　황은령은 정유건의 도발을 무시한 채 빠른 속도로 날아갔
다.

　정유건은 한쪽 눈을 가늘게 뜨며 묘한 웃음을 흘렸다.

　"크크, 어떤 놈들이 겨루는지 몰라도 귀명삼절식을 시험해
볼 가치는 있겠어."

　차— 차창!

도영과 태사건의 격돌은 실로 어마어마했다.

두 사람 모두 당대 최강의 후기지수로 웬만한 문파의 종주들을 능가하는 초고수이었기에 한번 격돌할 때마다 지반이 요동쳤다.

더군다나 그들의 격돌은 단순한 비무가 아니었다.

도영은 야우칠도를 위한 복수심으로 가득했고, 태사건은 자신의 지위를 보존하기 위해서라도 도영을 반드시 죽여야 했다. 양측 모두 섬뜩한 살의를 가슴에 품고 있었기에 매 초식마다 죽음의 기운이 가득했다.

도영은 허공에서 대각선으로 낙하하면서 빠른 속도로 허공을 그었다.

"혈해분참(血海分斬)!"

은천야우칠절식 중 제육초로 그로서는 처음 펼쳐 보는 초식이었다.

백팔번뇌도는 심득과 더불어 공력을 증진시켜 주는 신묘한 비학이었기에 도영의 내공 수위는 오기조원을 넘어선 상태였다. 덕분에 그는 은천야우칠절식의 마지막 단계까지 접근할 수 있었다.

태사건은 눈앞이 아득해지며 순간적으로 두려움에 젖었다.

하늘과 땅이 핏빛으로 변한 가운데 내리꽂히는 도기는 사신(死神)의 낫과 같은 공포였다. 피하기는 너무 늦었기에 정면 돌파밖에 없었다.

태사건은 검을 곧추 세운 채 혼신의 자전강기를 주입시켰
다. 자청검이 웅웅 소리를 발하더니 검극에서 일 장 길이의
검기가 치솟아올랐다.

눈부신 광휘와 함께 신검합일을 구사한 태사건은 노도처
럼 몰아치는 도기를 뚫고 비상했다.

콰— 콰쾅!

산악이 무너지는 듯한 굉음이 십 리 밖까지 퍼져 나갔다.
지표는 쩍쩍 갈라졌고 바위덩이는 으스러졌으며 이십 장 이
내의 초목이 새까맣게 재로 변했다.

멀리서 관전하고 있던 마병 십수 명은 지표를 타고 치솟는
도기에 쪼개지며 영문도 모르는 죽임을 당하고 말았다.

"흐윽……!"

소용돌이가 휘몰아치는 현장에서 답답한 신음이 흘러나왔
다.

태사건의 금포는 여기저기 찢겼고 몸은 피로 물들었다. 내
상까지 당해 입가로 피가 흘렀다. 출도 이래 그가 이렇듯 심
각한 부상을 입기도 처음이었다.

도영 역시 온전하지 못했지만 표정은 차분했다.

태사건을 상대로 오로지 은천야우칠절식만 구사해 동수를
이루어냈기에 가슴은 뿌듯했다.

'보셨소, 야우칠도? 선배들이 남긴 절기가 이렇듯 대단했

소. 은천야우칠절식은 심혼이 깃든 절대도법으로 천세에 전해질 것이오.'

두 사람의 격돌을 지켜보고 있는 귀명마공은 심경이 복잡했다.

천외마국의 존속을 위해 태사건을 지지했지만 만일 태사건이 쓰러진다면 그에 대한 지지는 철회할 수밖에 없다. 그렇다고 천외마국의 해체를 천명한 도영을 계승자로 용인할 수도 없는 일이다.

청목마상은 더욱 가슴을 졸였다.

도영이 태사건을 쓰러뜨린다면 다음 차례는 자신이었기에 두 사람이 격돌할 때마다 숨이 막힐 정도였다.

'놈의 성취는 끝이 없구나. 어느새 소군과 대등할 만큼 무공이 증진하다니! 이 모두 백팔번뇌도의 위력인가?'

태사건은 자전마공을 운기해 들끓는 기혈을 가라앉혔다. 어느 정도 진기가 순환되자 그는 애써 태연한 모습을 보였다.

"제법이구나. 야우칠도의 잡기로 이런 위력을 낼 수 있다니 정말 대단해."

그는 여전히 야우칠도를 깔아뭉갰다. 도영에게 끝까지 은천야우칠절식만 구사하게 만들려는 심리적인 압박이었다.

그의 의도를 간파한 도영이 정곡을 찔렀다.

"태사건, 너무 겁내지 마라. 잠밀문의 비학은 구사하지 않겠다. 너 정도는 은천야우칠절식만으로 충분히 죽일 수 있으니까."

"훗, 아직도 야우칠도의 잡기가 남아 있는 것이냐?"

"이제 마지막 초식을 보여주겠다."

"오냐. 끝장을 내자."

태사건은 음흉한 계략을 감춘 채 자청검을 치켜들었다.

파지직!

그의 몸 주변으로 번갯불이 형성되면서 삼 장 이내를 반구형으로 뒤덮었다. 초상승 절예인 검강이었다.

도영은 정신을 집중해 여명도에 십이성 진기를 주입시켰다.

은천야우칠절식의 최후 초식인 천지멸절(天地滅絶)!

십 년 가까이 뇌리 속에 담고 있을 뿐 한 번도 구사해 본 적이 없는 수법이었다. 앞서 전개한 혈해분참은 수련 과정이라도 거쳤지만 천지멸절은 기수식조차 펼쳐 본 적이 없었다.

세상이 흐름은 하나로 귀결된다는 뜻이 만류귀종이다.

야우칠도의 평생 집념이 담긴 초식답게 천지멸절은 그 구결이 백팔번뇌도와 유사했다.

수련을 통해 얻는 칼이 아니라 심득을 통해 얻는 칼.

그것이 진정한 의미의 심도는 아니지만 심도를 얻을 수 있는 입문이라 해도 무리는 아니었다.

눈을 반개한 도영은 천지멸절에 몰두할 뿐 모든 상황을 잊었다.

상대가 누구인지, 왜 싸워야 하는지, 이곳이 어디인지, 그리고 삶과 죽음까지.

그런 몰입 속에서 천지멸절의 구결이 선명하게 떠올랐다.

마치 그가 처음 백팔번뇌도의 도해를 떠올린 것처럼 머릿속이 환해지면서 환희의 전율마저 느꼈다.

'그래, 이것이 바로 은천야우칠절식의 끝이자 처음이다!'

第五十五章
비장한 최후, 그리고 간계

刀
皇
1

　황은령과 정유건.

　두 사람 모두 도영에 대해 반감이 상당했지만 대결을 바라
보는 심정은 곤혹스럽기만 했다.

　태사건은 황은령에게 있어 철천지원수이기에 그의 승리를
눈곱만치도 기대하지 않았다. 그녀로서는 차라리 자신을 대
신해 도영이 태사건을 죽여주기를 바라는 마음이 더 절실했
다.

　정유건은 마중천과 무관했지만 도영이 과거 자신의 친구
였기에 자신이 아닌 다른 사람에 의해 쓰러지는 것을 원치 않
았다.

그러나 당장은 싸움판에 뛰어들기도 여의치 않기에 두 사람은 결과를 지켜볼 수밖에 없었다.

천지멸절의 구결을 뇌리 속으로 그려낸 도영은 빙글 회전하며 여도명도를 내려쳤다.

"차앗!"

힘찬 기합성과 함께 허공은 별빛 같은 검화로 가득했고 지상에서는 갈대와 같은 도강이 폭사되었다. 허공과 지상을 동시에 휩쓰는 어마어마한 도법에 태사건은 바싹 긴장했다.

"천외마전(天外魔電)!"

자청검에서 눈부신 광휘가 뿜어지면서 수백 개의 번갯불이 사위로 확산되었다. 천외마국의 극강 절예가 검강에 의해 전개된 것이다.

초극에 이른 도검의 격돌을 귀명마공은 눈 한 번 깜빡이지 않고 직시했다. 이런 절세적 무공의 격돌은 극히 드물기에 관전하는 것만으로도 무인으로서는 광영이었다.

파파팟!

양측의 절기가 교차되면서 불꽃이 피어올랐다. 곧이어 하늘과 땅이 뒤집힐 충돌이 전개될 상황이었다.

순간 태사건은 품속에서 탈명전광비를 뽑아 들며 힘껏 내던졌다.

"네놈은 끝났다!"

번— 쩍!

세상의 모든 빛과 어둠마저 소멸시킬 강렬한 섬광이 폭발했다. 섬광으로 화한 열 자루의 비도는 제각기 호선을 그리며 허공을 가로질렀다.

'이건 뭐야?'

도영은 비로소 가공할 비도의 존재를 인지했지만 이미 도검이 격돌하는 상황이라 마땅히 대처할 수가 없었다.

'비열한 놈!'

도영은 지그시 이를 깨물며 천지멸절을 마저 구사했다. 동귀어진도 마다하지 않겠다는 의지였다.

콰아아앙!

마침내 초극에 이른 도검이 충돌하면서 소용돌이 기류가 급속도로 확산되었다. 지반은 화산이 폭발하듯 치솟아올랐고 도강과 검강의 파편이 수백, 수천의 화살로 화해 사위로 퍼져 나갔다.

그 여파로 삼십 장 밖에서 관전하고 있던 마병 수십 명이 팔다리가 동강났고 호신강기로 몸을 보호하고 있는 귀명마공과 청목마상도 상당한 타격을 입고 말았다.

"크으윽!"

고통스런 비명과 함께 태사건은 허공 높이 튕겨져 올랐다. 금포는 갈기갈기 찢겨졌고 드러난 몸 곳곳에도 선명한 혈흔이 새겨졌다.

그나마 이 정도 부상에 그친 것이 다행이었다.

만일 천지멸절이 마지막까지 전개됐다면 그의 몸은 수백 토막으로 분쇄되었을 것이다.

태태탱!

열 자루의 비도 중 일곱 자루는 여명도를 박살 내면서 도영의 몸을 스쳐 갔지만 세 자루 비도가 도영의 몸을 관통했다.

가슴과 어깨, 옆구리.

고통에 익숙한 도영이었지만 살과 뼈를 뚫고 관통한 비도의 충격에 심장이 터질 것만 같았다. 치명적인 내, 외상을 당한 그는 육신을 떠나가려는 영혼의 처절한 몸부림 속에서 그만 혼절하고 말았다.

즉사는 모면했지만 회생이 불가할 정도의 중상을 당한 것이다.

가까스로 균형을 잡고 바닥으로 내려선 태사건은 섭물진기를 발휘해 비도를 회수했다. 열 자루의 비도는 크게 호선을 그리며 태사건에게 날아들어 하나의 탈명전광비로 합쳐졌다.

귀명마공이 부공술로 미끄러지며 태사건 옆으로 내려섰다.

"괜찮으시오, 소군?"

태사건은 피투성이가 되어 쓰러져 있는 도영을 바라보며 득의의 미소를 머금었다.

"야우칠도의 잡기로 어찌 전설의 병기를 감당할 수 있겠느냐?"

격돌이 마무리되자 정유건과 황은령과 동시에 서로를 바라보았다.

"저게 뭐지?"

"전설의 비도인 탈명전광비다."

"제기, 도영을 구해야겠어."

"이미 죽었을 거야."

"그래도 구한다."

"넌 도영을 죽이고 싶을 만큼 저주했잖아?"

"그래도… 내 친구다. 도영은 내가 죽일 수는 있어도 다른 놈들은 안 돼. 내가 용납하지 않겠다!"

정유건은 어깨에 걸머멘 칼을 불끈 쥐었다.

"내가 놈들을 막겠다. 네가 도영을 데려가."

"그랬다가는 넌 살아남지 못해. 귀명마공은 태사건보다 훨씬 무서운 고수다."

"그렇게 대단한 놈이라면 한번 겨뤄봐야겠군."

황은령은 그런 정유건을 물끄러미 응시했다.

"너… 여전히 도영을 친구로 생각하는구나?"

정유건은 눈가를 씰룩거리다가 냉담하게 내뱉었다.

"감정은 감정이고… 우정은 우정이다."

그는 천천히 시선을 돌려 황은령을 직시했다.

"너 역시 도영 저 녀석이 죽기를 바라지 않고 있잖아?"

"난……."

"변명 따위는 필요없어. 반드시 도영을 데리고 탈출해라. 녀석이 살게 되면 내 말을 확실히 전해. 내가 구해주었다고 말이다."

정유건은 나뭇가지를 박차고 장내로 날아갔다.

쐐애액!

귀명살식이 전개되자 외곽에 포진해 있던 청마대 마병들이 대번에 동강났다.

황은령은 잠시 갈등하다가 입술을 꼭 깨물었다.

'그래, 복수를 위해서라도 도영이 필요해!'

정유건의 뒤를 따라 날아든 황은령은 무형쾌를 휘둘렀다. 빛도 소리도 없는 가운데 마병들의 목이 치솟아올랐다.

포위망 일각이 대번에 무너지자 태사건의 표정이 구겨졌다.

"저것들은 뭐야?"

그러다 정유건과 함께 날아드는 황은령을 확인한 그는 눈을 부릅떴다.

"황은령? 아니, 저 계집이 살아 있었단 말인가?"

귀명마공 역시 믿기지 않은 듯 눈을 번득였다.

"틀림없소. 여전히 무형쾌를 지니고 있군."

장내로 내려선 황은령이 도영을 옆구리에 끼고 솟구치자 태사건이 사납게 외쳤다.

"저지하라!"

청마대 마병들은 일사불란하게 움직여 방어벽을 형성했다.

그러나 병기마저 가차없이 베어버리는 무형쾌의 위력에 마병들은 속수무책이었다. 여기에 정유건의 귀명살식이 가세되자 그들의 방어벽은 모래성처럼 허물어졌다.

"어서 놈들을 제압하시오!"

태사건의 다급한 지시에 귀명마공과 청목마상이 출동했다.

황은령이 먼저 숲 속으로 뛰어들자 정유건은 숲을 막아선 채 추격해 오는 마병들을 한꺼번에 베어버렸다. 그의 귀명살식이 전개될 때마다 마병들은 여러 토막으로 동강나는 참살을 면치 못했다.

마병들의 추격이 주춤하자 정유건은 칼에 묻은 피를 바닥에 뿌렸다.

"어느 놈이 또 죽겠느냐?"

순간 강력한 도기가 허공에서 내리꽂혔다. 흠칫 놀란 정유건은 급히 뒤로 미끄러져 피했다.

콰아앙!

폭음이 작렬하며 정유건이 서 있던 자리에 무려 다섯 자 깊이의 구덩이가 파였다.

정유건 앞으로 내려선 귀명마공이 차갑게 외쳤다.

"놈은 내가 맡겠다! 어서 계집을 추격하라!"

"예, 귀명마공!"

청목마상은 마병들을 대동해 숲 속으로 뛰어들었다.

정유건이 그들을 향해 귀명살식을 전개했지만 귀명마공의 도법에 의해 차단되고 말았다.

정유건은 황은령의 무공이라면 충분히 탈출할 수 있겠다 싶어 더는 마병들의 추격을 저지하는 데 신경 쓰지 않았다.

귀명마공과 마주 선 정유건은 비릿한 웃음을 흘렸다.

"크크, 늙은이. 네가 좀 세다고 하더군."

귀명마공은 가소롭다는 듯 냉소를 쳤다.

"애꾸에다 절름발이 주제에 감히 노부를 상대하겠다고?"

"당신 낯짝이 더 심각해. 하지만 나한테는 그런 저승사자의 낯짝도 먹히지 않지."

"네놈은 누구냐?"

"다들 날 보고 탈명귀도라 하더군."

귀명마공은 가볍게 고개를 끄덕였다.

"네놈의 칼질을 보니 귀명살식을 구사하는 것 같던데?"

"크크, 낯짝과 달리 안목은 쓸 만하군."

"귀명삼절식 따위는 노부한테 통하지 않는다."

"뭐, 그렇게 장담하던 놈들이 내 칼 아래 다 죽었어."

귀명마공의 눈매가 서늘해졌다.

"네놈이 노부의 일 초를 받아낸다면 살려주겠다."

정유건은 여전히 이죽거렸다.

"내가 할 소리다, 늙은이. 하지만 아직 나를 만나 온전한 놈이 없었지."

귀명마공은 허리춤의 회색 칼을 가만히 쥐었다.

"덤벼라."

정유건은 상대의 전신에서 뿜어지는 엄청난 기도에 내심 긴장하고 있던 터라 선공을 마다하지 않았다.

득달같이 달려든 정유건은 혼신의 공력을 모아 최고의 절기를 구사했다.

"혈영잔황쇄!"

절대의 대살성 귀명사신의 절대비기.

오로지 살인을 위해 창안된 살식답게 초식이 전개되는 순간 음습한 피 냄새가 물씬 풍겼다. 부챗살처럼 확산된 도기는 상대의 퇴로를 차단했고, 이어 숨통을 끊을 도기가 벼락처럼 내리꽂혔다.

그러나 귀명마공 역시 귀명삼절식을 알고 있는 절대도객이었다. 귀명마공은 혈영잔황쇄를 직시하다가 변화가 모두 끝나자 비로소 칼을 발출했다.

"차앗!"

힘찬 일각이 터지는 순간 세상이 암흑으로 물들었다. 모든 빛이 차단된 절대적인 암흑 속에서 오로지 악마의 이빨처럼 번득이는 칼날만 허공을 갈랐다.

수백, 수천 개에 달하는 현란한 칼날.

어마어마한 도법이 전개되자 한쪽에서 이를 지켜본 태사건은 가슴이 요동쳤다.

'마극파천황이다!'

그러했다. 귀명마공이 발출된 도법은 혈훼마후가 남긴 최강의 절기 마극파천황이었다. 비록 온전하게 완성된 수법은 아니고 귀명마공 역시 고작 삼성의 화후에 불과했지만 그 위력은 상상을 초월할 정도였다.

정유건은 철석같이 믿고 있었던 혈영잔황쇄가 무산되자 등줄기가 축축하게 젖어들었다. 세상에 이렇듯 강력한 도법이 존재하는지 처음 알았던 것이다.

절대적인 암흑 속에서 쏟아지는 수백, 수천 개의 칼날.

정유건은 죽음을 직시하며 자조적인 웃음을 흘렸다.

"크크, 이런 수법에 죽다니 부끄럽지 않다."

퍼퍼퍽!

둔탁한 폭음과 함께 그의 전신에 무수한 혈흔이 새겨졌다. 이어 핏물이 솟구치며 그의 육신이 수많은 육편으로 조각났다.

형체도 찾아보기 힘든 참혹한 죽음.

죽음에 임해 이렇게 초연하기도 드물다. 그러나 오로지 과거의 우정을 위해 기꺼이 스스로를 던졌으니 실로 비장한 희생이 아닐 수 없었다.

귀명마공이 칼을 회수하자 태사건이 찬사를 터뜨렸다.

"대단하오! 벌써 마극파천황을 터득한 것이오?"

"겨우 삼, 사성의 화후에 불과하오. 육성의 경지에 이르려면 최소 수년은 더 연마해야 할 것 같소."

"그만한 성취로 이런 위력이라니 마극파천황은 가히 무적의 절기요."

"혈훼마후의 한이 서린 절기답게 천외마국을 위협하기에 충분하오."

"나도 연구를 해봐야겠군."

그러다 수림 쪽으로 시선을 돌린 태사건이 잔뜩 미간을 찌푸렸다.

"황은령 그 계집을 반드시 죽여야 하오. 지금 내 신분이 공개돼서는 곤란해."

귀명마공은 수림 너머로 보이는 붉은 하늘을 주시했다.

"계집보다는 도영의 생사가 더 중요하오. 확실히 죽이지 못했기에 소군의 지위가 더 위태롭게 되었소."

"놈은 탈명전광비에 세 곳이나 관통되었소. 그런 상태로는 절대 살 수 없소. 만일 하나 회생한다 해도 폐인에 불과할 거요. 그런 놈을 전하께서 과연 계승자로 용인하시겠소?"

"……"

"참, 마국으로 귀환하기 전에 먼저 해결할 일이 하나 있소. 귀명마공이 꼭 도와주어야겠소."

태사건의 은근한 어조에 귀명마공은 그에게로 시선을 돌렸다.

"어떤 일이오?"

태사건은 계략 어린 미소를 흘렸다.

"미리 검을 꺾어놓아야 할 자가 있어서 말이오."

2

풍진성수의 초옥은 산새들이 즐겨 찾는다. 자비로운 노의원이 배고픈 새들을 위해 곡식을 뿌려주고 다친 날개를 치료해 주기 때문이다.

게다가 사나운 맹수도 노의원을 알아보아서일까?

한 마리 비쩍 마른 호랑이가 고개가 틀어진 채로 위태롭게 초옥 마당으로 들어섰다. 놀란 사슴이며 토끼들은 초옥의 기둥 뒤로 숨었다. 하지만 노의원을 믿어서인지 멀리 달아나지는 않았다.

약초를 분류하고 있던 풍진성수는 호랑이의 목덜미를 다독여 주었다.

"인석아, 뭘 잘못 먹은 것이냐?"

풍진성수는 무시무시한 호랑이를 마치 고양이처럼 다뤘다. 호랑이의 경동맥을 짚어보고 이빨을 살핀 풍진성수는 고개를 흔들었다.

"다른 곳은 이상이 없는데……?"

풍진성수는 호랑이의 아가리를 벌리고 손을 집어넣었다. 자칫 물리기라도 하면 팔이 통째로 절단될 위험한 상황이지만 풍진성수는 그런 우려를 아예 무시했다.

"이런, 식도에 뼈가 걸려 있구나."

풍진성수는 조심스럽게 손끝을 더듬어 호랑이 목에 걸려 있던 뼈를 뽑아냈다. 식도에 박힌 뼈끝이 날카로운 것으로 미루어 날짐승의 뼈로 생각되었다.

"조심해서 먹어라, 인석아."

풍진성수는 염증을 막아주는 환약을 호랑이에게 먹여주고는 머리를 쓰다듬어 주었다.

호랑이도 자신을 아픔을 치료해 준 은혜를 아는지 몇 번이나 고개를 조아리고는 초옥을 떠났다. 초옥 기둥 뒤의 사슴과 토끼들은 그제야 안도하며 마당으로 뛰어나왔다.

이때 강변 쪽에서 다급한 음성이 들려왔다.

"노선님!"

빠른 속도로 몸을 날려 마당으로 들어선 여인은 황은령이었다. 그녀는 등에 업고 있던 피투성이 사내를 내려 안았다.

"이 사람을 살려주세요."

풍진성수는 대번에 도영을 알아보았다.

"어라? 이 녀석은 도영이 아니냐?"

"그렇습니다. 태사건이 발출한 탈명전광비에 관통돼 아주 위태롭습니다."

"탈명전광비라고? 어서 방으로 눕혀라."

"예, 노선님."

황은령이 방으로 들어가자 풍진성수는 약장에서 몇 가지 약과 수술 도구를 챙겼다.

풍진성수는 도영이 눕혀져 있는 침상가에 앉으며 지시를 내렸다.

"물부터 끓여야겠다. 탁자에 놓인 피막이풀을 충분히 찧어 가져와라."

"알겠습니다."

초옥을 나온 황은령은 아궁이에 불을 때서 물을 끓이고 약절구에 피막이풀을 넣고 찧었다. 절구질을 하다가 초옥 쪽을 힐끗 본 그녀는 묘한 감정에 젖었다.

'내가 왜 이렇게 조바심을 내는 거지? 그토록 죽이려 했던 원수인데……'

약초를 찧던 그녀는 자신의 탈출을 지원하기 위해 혼자 남기를 자청한 정유건을 떠올리고는 절구질을 잠시 멈추었다.

'죽음과 고통에 무감각한 독종이지만… 아마 살아남지 못했을 거야.'

태사건의 탈명전광비와 귀명마공의 절대적인 도법을 감안하면 정유건의 생존은 기대하기 어려웠다. 더군다나 그녀가 수림을 벗어나면서 들은 엄청난 폭음이 마치 비명처럼 느껴졌기에 그녀는 정유건의 죽음을 확신해 더는 뇌리에 담아두지 않았다.

황은령은 절구에 찧은 피막이풀의 즙을 사발에 따랐다.

문득 도영과 태사건과의 혈투를 되새긴 그녀는 이해할 수 없는 표정이 되어 이마를 짚었다.

'사부님의 말씀대로라면 도영은 천외성왕의 혈육이 틀림없다. 한데 저들이 왜 도영을 죽이려 한 것이지?'

하지만 도영의 출생 내력에 대해 잘 알지 못하는 그녀로서는 도무지 이해가 되지 않은 상황이었다.

응급 수술을 마친 풍진성수는 수술 부위를 꿰매고 피막이풀의 즙을 발라 붕대로 처매주었다.

워낙 심각한 부상 때문인지 도영의 안색은 핏기 한 점 없이 창백했다. 게다가 숨소리도 미약해 금세라도 숨이 넘어갈 것처럼 보였다.

황은령은 수술 도구와 피 묻은 붕대를 챙기면서 조심스럽게 물었다.

"노선님, 회생이 가능하겠습니까?"

"어떻게 목숨이야 부지할 수 있겠지만 완쾌는 장담이 어렵구나. 가슴을 관통한 비수가 한 치만 아래로 강타했다면 즉사를 면치 못했을 것이야."

"꼭 살려야 합니다."

"의외로구나. 도영이 너와는 좋은 사이가 아닌 것으로 아는데?"

"지금은 소녀의 감정을 내세울 때가 아닙니다. 이 사람이 죽으면 자칫 엄청난 사태가 발발할지도 모릅니다."

"그건 또 무슨 소리냐?"

"이 사람이 천마성왕의 혈육일 수 있기 때문입니다."

"뭐야?"

눈이 휘둥그레진 풍진성수는 잠시 도영을 내려다보다가 몸을 돌렸다.

"오냐. 어찌 된 연유인지 들어보자."

마당으로 나선 풍진성수는 손을 씻고는 통나무 의자에 앉았다.

"도영이 천마성왕의 혈육이라면 어떻게 천외마국의 무리가 도영을 해칠 수 있는 것이냐?"

"소녀도 그 점이 이해가 되지 않습니다."

"주작혈후가 잘못 판단한 것은 아니고?"

"그런 중대한 사안을 실수하실 사부님이 아닙니다. 태사건은 자신을 위해서라면 누구라도 죽일 수 있는 간악한 놈입니다. 놈이 천마성왕의 제자임을 감안하면… 국주의 계승에 방해가 되는 도영을 죽이고 싶었겠지요."

풍진성수는 관자놀이를 짚으며 고개를 저었다.

"마인들이 아무리 잔악하다지만 저들도 사람이다. 천마성왕이 자신의 자식을 해친 놈을 과연 용납하겠느냐?"

"그렇다면 천마성왕까지 죽이려 들겠지요."

황은령의 냉혹한 답변에 풍진성수는 입맛을 쩍 다셨다.

"허어, 네 어찌 그런 패륜을 서슴없이 말하는 것이냐?"

"소녀가 태사건의 처지였더라도… 그리했을 테니까요."

"……!"

거침없는 답변에 풍진성수는 물끄러미 황은령을 주시하다가 붕대로 감긴 얼굴 쪽으로 시선을 돌렸다.

"어디 네 상처를 보자꾸나."

"괜찮습니다."

"얼굴 훼손이야 감내할 수 있어도 평생 애꾸로 살 생각이냐?"

풍진성수가 엄한 표정으로 나무라자 황은령은 머리카락을 한쪽으로 쓸어 넘겼다.

"상처를 살펴주십시오."

황은령의 얼굴에 감긴 붕대는 피가 엉긴 채 바싹 말라 있었기에 약초의 즙을 뿌려서야 겨우 떼어낼 수 있었다. 뾰족한 바위에 긁힌 상처는 의외로 깊어 보기에도 흉측했다.

풍진성수는 약물로 고름을 씻어내고는 눈까풀을 어루만져 주었다.

"자, 천천히 눈을 떠보아라."

눈까풀을 몇 번 깜빡인 황은령이 조심스럽게 눈을 떴다.

"아······!"

황은령이 아픈 신음을 토하며 다시 눈을 감자 풍진성수가 온화한 미소를 머금었다.

"빛을 느낀다니 다행이다. 일단 안력은 회복될 수 있겠구나. 하지만 얼굴의 흉터를 지우려면 수술이 필요하다. 네 엉덩이 피부를 떼어다 붙이면 훨씬 좋아질 것이다."

황은령은 머리카락을 늘어뜨려 얼굴을 가렸다.

"복수를 할 때까지 이대로 지내겠습니다. 제 망가진 얼굴을 보아야 원한을 잊지 않을 수 있으니 말입니다."

풍진성수는 그녀의 강인한 의지에 혀를 내둘렀다.

"허어, 너처럼 독한 계집아이도 처음이구나. 너와 원한을 지지 않은 게 천만다행이다."

자리에서 일어선 황은령은 공손히 예를 올렸다.

"소녀 이만 가보겠습니다."

"도영이 깨어나면 만나보아야 하지 않겠느냐?"

"사실 도영을 구한 사람은 소녀가 아니라 도영의 친구인 정유건이라는 자입니다. 아마 그는 천외마국의 악도들에 의해 이미 죽었을 겁니다. 도영이 고마워해야 할 사람이 정유건임을 말씀해 주시면 됩니다."

"네가 지내던 사문이 무너졌는데 어디로 가려는 것이냐?"

"소녀의 능력이 부족해 천외마국을 괴멸시키지 못하겠지만 태사건 그 사악한 놈만은 꼭 죽여야겠습니다. 그렇지 못하면 소녀는 죽어서도 사부님을 뵐 자격이 없습니다."

풍진성수는 무거운 한숨을 내쉬었다.

"원한의 굴레는 끝이 없는 법이다. 하지만 너의 가슴에 맺힌 한이 복수의 피로만 씻겨질 수 있다면 어찌하겠느냐? 다만 네 자신을 소중하게 여기라고 충고하고 싶구나."

"예, 노선배님의 은혜와 금언을 가슴 깊이 새기겠습니다."

황은령은 정중하게 절을 올리고는 초옥 마당을 벗어났다.

풍진성수는 손가락으로 육갑을 짚고는 나직이 뇌까렸다.

"악연도 연(緣)이니 애증과 헤어짐도 연분의 윤회에서 벗어나지 못하겠구나."

3

다각다각……!

구불구불한 산길을 따라 일백여 필의 말이 정연하게 달려가고 있었다.

열 필 정도가 본대에 앞서 척후를 맡았고, 서른 필 정도는 행여 있을 배후의 추격이나 기습에 대비해 본대의 배후를 따르고 있었다.

모두가 검을 착용했는데 복장 어디에도 단체나 문파를 상징하는 문장(紋章)이나 표식이 없었다. 이는 신분을 숨기기 위함이 아니라 자신들이 속한 문파를 과시하지 않으려는 겸

허함 때문이었다.

본대 가운데에는 학처럼 고고해 보이는 노인이 자리해 있었다. 노인은 푸른 장포를 걸쳤고 허리춤에는 세월의 오랜 연륜이 물씬 풍기는 고검을 매달려 있었다.

노인과 더불어 말머리를 나란히 하고 이동하는 청년은 삼십대 중반의 나이로 부리부리한 호안의 소유자였다.

청년은 척후대 일부가 말머리를 돌려 달려오자 손을 쳐들었다.

"정지!"

다수가 이동하고 있었지만 워낙 훈련이 잘돼 있어서인지 검수들은 일사불란하게 멈춰 섰다.

청년은 척후대와 함께 달려오는 무사의 복장을 보고는 노인에게 나직이 아뢰었다.

"백병궁 소속인 듯합니다, 아버님."

"우리를 마중 나오기에는 너무 먼 거리인데… 예감이 좋지 않구나."

"별일 있겠습니까?"

청년은 등에 칼을 메고 있는 무사를 맞이했다.

"난 설무형이라 하오. 무슨 일이오?"

그러했다. 이동하던 무리는 금검성 소속의 검수들로 호안의 청년이 바로 소성주 설무형이었다. 푸른 장포의 노인은 물론 금검성주인 구천검제 설천후이다.

검수들이 굳이 넓은 관도를 피해 산길을 타고 이동하는 연
유는 번잡스러움을 싫어하고 자신의 존재를 드러내지 않으려
는 설천후의 기질 때문이었다.

칼을 찬 무사는 설무형을 향해 정중히 예를 표했다.

"저는 백병궁 형문지부의 순찰향주 오대건입니다."

"그래, 무슨 일이오, 오 향주?"

"천외마국의 마병들이 공안지부를 침공하는 바람에 궁주
께서 직접 출전하셨습니다. 하여 이번 회동을 이틀 정도 미루
기를 청하셨습니다. 본 궁뿐만 아니라 패왕성 역시 원릉지부
를 침공당해 패왕성주께서 회동을 미루자는 전갈을 대신 전
해 오셨습니다."

"알겠소. 아버님과 상의해 형문지부에 통보하겠소."

"예, 저는 이만."

순찰향주는 정중히 예를 표하고는 말머리를 돌려 달려갔
다. 그의 신분상 감히 구천검제에게 직접 보고할 수 없기에
설무형을 향해 보고를 올린 것이다.

굳은 표정으로 다가선 설무형이 분노를 토로했다.

"사패의 회동을 막으려는 천외마국의 술책이 분명합니
다."

설천후는 허연 수염을 내리쓸며 깊이 생각하다가 반론을
제기했다.

"천외마국의 술책이라 하기에는 너무나 얄팍하구나. 더군

다나 천외마국은 지극히 오만한 무리라 무림의 회동에 개입한 적이 없었다. 여태껏 백도연합이든 정사연맹이든 누구의 도전도 마다하지 않았던 그들이 왜 이런 교란책을 펼친단 말이냐?"

과연 백도의 영수답게 생각하는 깊이가 달랐다.

설무형 역시 다소 의심스러웠지만 천외마국의 술책으로 몰아붙였다.

"아버님, 이번 사패의 회동은 과거와 다릅니다. 이처럼 강력한 사대세력이 연맹한 전례가 없기에 천외마국에서도 교란책을 펼친 듯합니다."

"뭔가 석연치 않구나. 그렇다고 십수 년 만의 출타인데 이대로 귀환하는 것도 무의미하다. 쌍패가 본단이 침공당하는 중대 사태가 아니면 회동을 강행했으면 한다."

"아버님의 뜻이 그러하시다면 백병궁과 패왕성에 회동 강행을 통보하겠습니다."

"그래, 정중히 예를 갖춘 서한을 보내라."

"예, 아버님."

설무형은 말안장에서 서첩을 꺼내 들었다.

한데 서천을 바라보던 설천후가 넓은 소매의 장포를 치켜들었다.

"마기가 느껴지는구나. 어서 검진을 펼쳐라."

설무형은 부친의 판단과 감각을 절대적으로 존중했기에

추후도 의심하지 않았다.

"적의 기습에 대비하라!"

일제히 말에서 내려선 검수들은 말들을 숲으로 몰아넣고는 검진을 형성했다. 좁은 산길이다 보니 대형 검진을 펼칠 수 없어 열 명 이하로 형성된 소형 검진이 세 겹으로 포진되었다.

차— 차창!

수림 너머에서 요란한 금속성과 함께 붉은 인영들이 대거 모습을 드러냈다. 한 명의 청년이 피투성이가 되어 쫓기고 있는데 이마에 푸른 두건을 두른 자들이 추격 중에 있었다.

피투성이 청년을 본 설무형이 눈썹을 상큼 치켜떴다.

"어엇, 태사건?"

그러했다. 옷이 심하게 찢긴 채 쫓기고 있는 청년은 뜻밖에도 중원제일공자 태사건이었다.

검진 밖으로 나선 설무형이 태사건을 맞이했다.

"건, 자네가 어쩐 일인가?"

설무형임을 확인한 태사건은 반색하며 다가섰다.

"소성주가 아니십니까?"

"이런, 부상이 심하군."

"부끄럽습니다. 다행히 심한 부상은 아닙니다."

"어떤 놈들인지 몰라도 안심하게나."

설무형은 검을 높이 치켜들었다.

"환형검진!"

소규모 검진은 절반씩 교차되면서 마치 엉킨 고리와 같은 견고한 진세를 형성했다.

곧바로 푸른 두건을 두른 오십 명 정도의 무리들이 내려섰다. 복장으로 미루어 천외마국 청마대 소속의 마병들이었다.

마병들은 포진해 있는 금검성 검수들을 보고는 이십 장 거리를 두고 멈춰 섰다. 곧이어 두 사람이 마병들 앞으로 내려섰다.

귀신 탈바가지를 쓴 듯 음산한 용모의 회색인과 나무토막처럼 표정이 없는 청면노인.

설무형은 마치 잘 벼른 칼처럼 섬뜩한 기운을 발하는 회색인을 대하는 순간 절로 긴장이 되었다.

"저자는 누구인가?"

"천외마국의 삼공 중 하나인 귀명마공이며 옆의 늙은이는 청목마상으로 오상에 속하는 수괴입니다. 소제의 무공이 미흡해 귀명마공을 당해내지 못했습니다."

설무형은 당대 최강의 후기지수인 태사건의 높은 무공을 잘 알고 있기에 섣부른 호기를 부리지 않았다.

"자네가 감당할 수 없는 자라면 절대마두로군. 하지만 아버님께서 계시니 안심하게나."

"아, 성주님께서 출타하셨단 말입니까?"

주변을 살피던 태사건은 검진 사이로 보이는 설천후를 발견하고는 서둘러 다가섰다. 그는 두 손을 정중히 예를 올렸다.

"성주님을 뵈옵니다."

태사건을 한번 훑어본 설천후는 멀리 보이는 귀명마공에게로 시선을 돌렸다.

"네가 어찌 천외마국과 격돌한 것이냐?"

"소생은 백병궁이 천외마국의 침공을 받았다는 소식들 듣고 지원을 위해 달려가던 저들과 만나게 되었습니다."

"저들이 삼공오상 중 둘이라 했더냐?"

"예, 성주님."

"천외마궁의 삼공은 적수가 드문 절대마왕들이라 들었는데 과연 헛된 풍문이 아니다."

이에 설무형이 분연히 청했다.

"소자가 검진을 이끌고 먼저 상대해 보겠습니다. 허락해 주십시오, 아버님."

"너의 무공이나 검진으로 상대할 수 있는 자가 아니다. 이렇듯 강렬한 마기의 소유자는 접한 적이 없다. 물러서 있거라."

설천후는 지표 위를 미끄러지며 검진 밖으로 나섰다.

부친의 뜻을 거역할 수 없는 설무형은 검진을 해소해 배후에 포진토록 명했다.

"놈들이 어떤 암수를 쓸지 모르니 우리가 근접해서 지켜보세나."

"당연히 그리해야 합니다."

태사건과 설무형은 설천후의 등 뒤 십 장 거리를 두고 멈춰
섰다. 행여 있을 천외마국의 기습에 대비하기 위함이었지만
정작 숨겨진 칼은 따로 있었다.

태사건은 설천후가 귀명마공과 단독 대결을 벌이기 위해
나서자 내심 득의의 미소를 지었다.

'훗, 모든 것이 계획대로 돼가는군.'

이 모두 태사건의 치밀한 계획이었다.

일 단계는 백금마상을 출동시켜 패왕성과 백병궁의 지부
를 공격하는 교란전술이었다.

이는 설천후의 집중력을 분산시켜 자신에 대한 의심을 품
지 못하게 하려는 의도였는데 예상대로 부상을 위장해 쫓겨
온 그에 대해 설천후는 별반 의심을 하지 않았다.

이 단계는 귀명마공과 설천후의 단독 대결이었다. 무공 수
위만 논한다면 귀명마공이 다소 부족할 수 있지만 태사건이
합공을 펼치기로 약속돼 있기에 귀명마공도 이에 응했다.

삼 단계는 태사건 혼자만이 알고 있는 무서운 간계였다.

태사건은 품속에 숨겨둔 탈명전광비를 은밀하게 확인했다.

'구천검제, 당신의 검을 꺾어야만 내가 천외마국의 국주로
등극할 수 있다!'

第五十六章
쓰러진 검의 제왕

刀
皇
1

천외마국의 이인자 귀명마공.

서열상 문창마공보다 아래이지만 무공 수위는 훨씬 높기에 천외마국에서 천마성왕에 이은 두 번째 고수에 해당한다.

당대 무림의 최강자 구천검제 설천후.

그와 비견될 고수는 패왕성주 정도이지만 세상 사람들은 검의 제왕을 최강의 고수로 손꼽는 데 주저하지 않는다.

이백 년 이래 신비와 공포의 존재로 세상의 어둠을 지배해 왔던 천외마국의 마왕급 수뇌가 이렇듯 무림 최강자와 격돌하기는 드문 경우였다.

천마성왕 외에 몸을 굽혀본 적이 없는 귀명마공이었지만

설천후의 몸에서 뿜어지는 초연한 서기에 조금은 압박감에
젖었다.

그가 잘 벼른 한 자루 칼이라면 설천후는 갑 속에 꽂혀 있
어 그 위력을 알 수 없는 검이었다.

귀명마공은 잠시 설천후를 직시하다가 건조한 어조로 내
뱉었다.

"구천검제, 그대의 명성은 익히 들었다. 하지만 그대의 검
이 명성만큼 강한지 모르겠군."

"천외마국과 무림은 오랜 세월 대립 관계에 있었다. 하지
만 작금처럼 천외마국이 혈란을 일으킨 적이 없었다. 모든 문
파는 존재해야 할 이유가 있겠지만 도를 넘어선다면 지탄을
받아야 마땅하다. 천외마국 역시 예외일 수 없다."

"누가 감히 본 국에 대항할 수 있단 말이냐?"

"극한의 대립은 양측 모두에게 피해가 되기에 여태껏 격돌
을 자제해 온 것이 사실이다. 이는 천외마국이 두려워서가 아
니라 최악의 사태만큼은 피하기 위함이었다. 하지만 현 상황
에서 더 이상 물러서는 것은 도의가 아니다."

설천후는 차분하게 응수하며 허리춤의 고검을 쥐었다.

"본 금검성은 사패의 회동과 관계없이 천외마국 토벌에 나
설 것임을 이 자리에서 천명하겠다."

그의 의연함에 설무형을 비롯한 금검성 검수들 모두 뜨거
운 전의를 불태웠다.

귀명마공은 허리춤에 찬 회색 칼을 쥐었다.

"주제넘게 본 국에 도전했으니 그 한마디로 금검성은 쥐새끼 한 마리 살아남지 못할 것이다."

번— 쩍!

아찔한 광휘와 함께 세 줄기 검기가 동시에 설천후의 목과 가슴과 단전을 향해 파고들었다. 귀명삼절식 중 하나인 혈인삼단참으로 절대쾌도에 이른 죽음의 수법이었다.

설천후는 천천히 검을 뽑아 들었다.

차— 차창!

단지 검을 뽑았을 뿐인데 어느새 귀명마공의 쾌도 살식을 간단히 봉쇄해 버렸다.

두 사람의 거리는 삼 장 남짓.

일반 무사들에게 있어서는 싸움을 벌이기에 너무 먼 거리였지만 초극에 이른 두 고수의 무공을 감안한다면 오히려 가깝다.

쾌도가 너무도 어이없이 무산되자 귀명마공의 표정이 심각하게 굳어졌다. 바닥을 박차고 치솟은 그는 허공을 밟고 선 채 연속적으로 칼을 내려쳤다.

"멸뇌폭(滅雷暴)!"

칼끝을 통해 뿜어진 도강이 폭포수처럼 쏟아지며 지상으로 내리꽂혔다. 가로막는 모든 것을 파멸시킬 듯한 어마어마한 공세였다.

호신강기로 몸을 보호한 설무형이 검수들을 향해 외쳤다.

"최대한 물러서라!"

검수들은 밀집대형을 유지해 삼십 장 밖으로 후퇴했다.

콰류류—!

도강이 당도하기도 전에 사나운 폭풍이 지표를 휩쓸었다.

그러나 설천후는 엄청난 공세 속에서도 시종 차분함을 잃지 않았다.

그는 검무를 추듯 유연한 동작으로 허공에다 커다란 원을 그렸다. 그의 대응이 워낙 미약해 도강의 폭풍에 그대로 휩쓸릴 위태로운 상황이었다.

곧바로 밀어닥친 도강이 폭풍처럼 설천후를 강타했다.

한데 노도처럼 밀려든 도강은 급속히 위력을 잃으며 설천후가 허공에 그린 원 속으로 스며들었다. 무시무시한 도강 공세는 소용돌이를 일으키며 흡수되면서 가벼운 미풍으로 화했다.

상대의 강력한 패도를 무산시킨 설천후의 검법은 무공이라기보다 신기에 가까웠다.

이를 본 태사건은 등줄기가 서늘해졌다.

'구천검제가 이미 초극지경에 이르렀다니! 사부님 외에는 상대할 자가 없겠다!'

두 초식이 연이어 무산되자 귀명마공은 심한 자괴감과 함께 격분에 휩싸였다.

"이제 시작일 뿐이다!"

대각선으로 내리꽂힌 귀명마공은 매 초식마다 파괴적인

수법을 구사했다. 그의 칼이 번득일 때마가 지표가 폭발해 올랐고 도강의 파편이 사위로 비산하였다.

반면 설천후는 유연한 검법으로 상대의 도기와 도강을 여유롭게 무산시켰다.

두 사람은 격돌은 광포함에 젖은 악신(惡神)과 정기로 무장한 천신(天神)의 대결이었다.

십 초식을 넘어가면서 귀명마공의 폭풍 같은 기세가 조금씩 수그러들었다. 호승심에 젖어 과도하게 진기를 소진한 탓이었다.

이어 매 초식 격돌할 때마다 구천검제의 검기가 허공을 가르며 귀명마공을 위협했다.

대결의 양상이 구천검제 쪽으로 기울어가자 설무형은 흐뭇한 미소를 띠었다.

'아버님은 이미 부드러움으로 강함을 제압하는 이유제강(以柔制强)의 경지에 오르셨다. 귀명마공은 절대 아버님의 적수가 될 수 없다.'

태사건은 더 이상의 격돌은 무리라고 판단했다. 슬며시 옆으로 이동한 그가 귀명마공에게 전음을 보냈다.

[계획대로 합시다!]

구천검제가 자신의 예상보다 훨씬 강한 고수임을 절감한 귀명마공은 태사건의 계책에 따를 수밖에 없었다. 그것이 비록 비열한 암수라 해도 중요한 것은 과정이 아니라 결과였다.

귀명마공은 연속적으로 도기를 날리며 뒤로 물러섰다.

바닥으로 내려선 그가 양손으로 칼을 움켜쥐었다.

"이 정도면 충분히 즐겼다. 이제 끝내자!"

혼신의 진기를 칼에 주입시킨 귀명마공은 마극파천황을 준비했다. 칼과 혼연일체가 되면서 그는 하나의 푸른 불덩이로 화했다.

"……!"

여태까지와 다른 기운을 감지한 설천후는 흰 눈썹을 슬쩍 치켜 올렸다.

'이건 뭐지? 파멸의 기운이 극에 이르렀다!'

푸른 불꽃에 휩싸인 귀명마공의 눈에서 동공이 사라지며 섬전 같은 안광이 폭사되었다.

이어 귀명마공은 하늘과 땅을 가를 일도양단의 기세로 칼을 내려쳤다.

"마극파천황!"

혈훼마후의 통한이 서린 강력한 파멸절기가 출수되는 순간 세상의 모든 빛이 차단되었다. 절대적인 암흑 속에서 수백, 수천의 칼날이 내리꽂혔다.

가히 환몽 같은 공포.

그러나 상대는 검의 제왕이자 당대 최강의 고수인 구천검제였다.

설천후는 전신을 피를 동결시킨 싸늘한 공포 속에서 한 가닥 온기를 찾아냈다. 마극파천황이 완성되지 못한 절기인데다 귀명마공의 화후가 부족해 허점을 드러낸 것이다.

"차앗!"

눈을 반개한 설천후는 힘찬 기합을 외치며 허공 아홉 곳을 점했다. 그의 성명절기인 구천등룡검법이 전개된 것이다.

쾨— 쾨쾅—!

무수한 벼락이 일시에 터지는 듯한 폭음이 작렬하는 가운데 수백, 수천의 칼날이 산산이 부서졌다. 곧이어 사위를 뒤덮은 짙은 어둠마저 깨져 버렸다.

절대적으로 믿었던 마극파천황마저 파훼되자 귀명마공은 절망하고 말았다.

'크으, 구천검제가 이런 초고수였단 말인가?'

이 순간 귀명마공의 등 뒤로 날아든 태사건이 탈명전광비를 발출했다.

번— 쩍!

찬란한 광휘가 폭발하는 가운데 열 개의 섬광이 동시에 뻗어나갔다.

제각기 호선을 그리며 뻗어나가는 열 자루의 비도.

더군다나 파멸의 절기 마극파천황이 전개되는 와중에서 펼쳐졌기에 비도의 존재는 더욱 위협적이었다.

설천후는 전혀 예상치 못한 기습에 눈을 부릅떴다. 그것이 어지간한 기습이었다면 그다지 큰 위협은 될 수 없었다.

그러나 예측불허의 호선을 그리며 섬전처럼 날아드는 비도는 그 무엇도 관통한다는 전설의 칼이었다.

'탈명전광비?'

전설의 비도임을 직감한 설천후는 최고의 절기를 발출해 비도를 쳐냈다.

따, 따땅—!

섬전처럼 내리꽂히는 여덟 개의 비도를 모두 쳐냈으니 가히 신기라 아니 할 수 없었다.

그러나 태사건은 지독히도 악독한 수법을 숨겨두었다. 여덟 자루의 비도는 허공을 선회했지만 두 자루는 귀명마공의 등을 관통했다.

귀명마공을 관통한 두 자루 비도는 그대로 뻗어나가며 설천후의 가슴 양쪽에 꽂혔다. 전혀 예상할 수 없는 암수였기에 그것만큼은 구천검제로선 미처 간파할 수가 없었다.

퍼— 퍽!

두 자루 비도는 자루의 끝이 보이지 않을 정도로 설천후의 몸 깊숙이 박혔다. 워낙 심후한 공력으로 호신강기를 펼친 상태라 전설의 비도라도 설천후의 몸을 관통하지 못한 것이었다.

누구도 예상치 못했던 참사.

비도에 관통된 귀명마공은 피를 뿜으며 바닥으로 곤두박질쳤다.

바닥에 쓰러진 그는 경악의 눈빛으로 태사건을 직시했다.

"소… 소군……?"

여덟 자루의 비도를 회수한 태사건은 싸늘한 미소를 머금었다.

"유감이오, 귀명마공. 하지만 구천검제를 확실하게 쓰러뜨리기 위해서는 어쩔 수 없었소."

"크으윽!"

"너무도 비통해 마시오. 그래도 무림 최강자라는 구천검제를 쓰러뜨렸지 않소? 귀명마공의 장렬한 희생은 잊지 않겠소. 그대의 신위를 사당에 모셔 왕족으로 제사를 받들겠소."

실로 끔찍한 독계.

구천검제를 쓰러뜨리기 위해 천외마국의 이인자인 귀명마공까지 희생시켰으니 이는 태사건만이 시도할 수 있는 극악한 암습이었다.

폐부와 심장이 관통된 귀명마공은 피를 울컥울컥 쏟으며 고개를 꺾었다. 훗날 구천검제와 동귀어진한 절대고수로 기록될지는 몰라도 그로서는 허무한 최후였다.

"아버님!"

설무형은 몸을 날려 추락하는 부친을 받아 안았다. 두 자루 비수가 설천후의 가슴뼈를 뚫고 깊숙이 박혔으니 이는 치명적인 부상이었다.

설천후의 안색은 잿빛으로 변했으며 선명한 피가 입가를 타고 흘러나왔다. 심오함이 깃든 눈빛마저 기름이 다된 심지처럼 꺼져가고 있었다.

태사건을 쏘아본 설무형은 피를 뿜듯이 외쳤다.

"태사건! 네놈은 대체 무슨 짓을 한 것이냐?"

태사건은 도도하게 턱을 치켜들었다.

"어리석구나, 설무형. 아직도 사태 파악을 하지 못한 것이냐? 나는 천외마국의 계승자인 무풍군이다."

"뭐, 뭐라?"

"감히 본 국에 맞서려는 자를 어찌 용인할 수 있겠느냐? 구천검제의 죽음은 이제 시작일 뿐이다. 금검성 또한 남궁세가처럼 잿더미로 변한 것이다."

태사건은 귀명마공의 시체를 안아 든 청목마상과 함께 몸을 날렸다.

"귀환한다!"

설무형은 충격과 분노에 피가 끓었지만 부친의 상세가 워낙 위중해 추격할 엄두도 내지 못했다. 지금의 상황에서 그가 생각할 수 있는 것은 부친의 회생뿐이었다.

"교자를 준비해라! 어서!"

구천검제의 피습!

이 엄청난 사건은 순식간에 중원 전력으로 퍼져 나갔다. 더불어 천외마국에 대한 공포가 먹구름처럼 천하를 뒤덮었다.

2

멀리 내려다보이는 장강의 푸른 물결이 애처롭다.

풍진성수는 탕약을 사발에 받쳐 들고 초옥 안으로 들어섰
다. 오십여 년 넘게 숱한 병자와 부상자들을 치료해 온 그였
지만 침상의 도영을 바라보는 시선이 침중했다.

상반신이 붕대로 칭칭 감긴 도영은 시선만 돌려 풍진성수
를 보았다. 평소 도전적일 만큼 빛나던 그의 눈빛이 아니었
다. 모든 것을 상실한 낙오자처럼 눈빛이 칙칙했다.

침상가에 앉은 풍진성수는 탕약을 수저로 떠서 도영의 입
으로 가져갔다.

"자, 식기 전에 먹어라."

도영은 고개를 돌려 탕약을 마다했다.

"독약이라면 먹겠습니다."

"인석아, 너답지 않게 왜 이러는 것이냐?"

"이런 몸으로 사느니 차라리 죽는 게 낫습니다."

"뼈가 부서지고 장기가 손상돼 회복이 늦어서 그렇지 너는
다시 걸을 수 있어."

"제가 경락이 손상돼 무공을 펼칠 수 없는 몸임을 잘 압니다."

풍진성수는 탁자에 탕약을 내려놓았다.

"세상을 살아가는 데 무공 따위는 중요치 않다. 세상 사람
대부분은 무공 한 초식 모르고도 잘 지내지 않느냐?"

"물론 제가 수서촌 천민으로 살아왔다면 그럴 수 있겠지요. 하지만 이미 무림계에 발을 들여놓은 이상 이렇게 살 수는 없습니다."

"도영아, 너는 세상에서 가장 신비로운 잠밀문의 제자가 아니더냐? 잠밀문의 비학이라면 너의 무공을 다시 회복시켜 줄 수 있을 것이다."

도영은 스르르 눈을 감았다.

"무의미한 바람일 뿐입니다. 어떤 비학도 폐인이 된 몸을 회복시킬 수 없습니다."

"허어……!"

풍진성수는 무거운 탄식을 짓고는 정황을 말해주었다.

"너를 살리기 위해 네 친구가 희생되었다. 그를 위해서라도 네가 살아야 하지 않겠느냐?"

"친구요? 노선님께서 저를 구하신 것이 아닙니까?"

"나는 그저 너를 치료했을 뿐이다. 너를 데려온 여인의 말에 의하면 정유건이 너를 구했다고 하더구나."

"유건……!"

도영은 눈을 상큼 치켜떴다.

"유건이… 나를 구했다고요?"

"그렇다."

"녀석이… 여기 있습니까?"

"이미 죽었을 거라 하더구나."

"예에? 하면 누가 저를 여기까지……?"

"황은령이다. 그 아이가 너를 노부에게 데려온 것이다. 얘기를 분석해 보면 네가 탈명전광비에 적중돼 위태로운 상황에서 황은령이 너를 구출한 것 같구나. 천외마국의 추격을 막기 위해 네 친구가 희생된 것이고."

"……!"

도영은 지그시 입술을 깨물었다.

'유건, 네놈이 왜 나를 구하려고 죽는단 말이냐? 네가 왜?'

가슴이 저렸다. 고마움보다는 오히려 원망이 앞섰다. 할 수만 있다면 정유건을 되살리고 자신이 죽고 싶었다. 이런 심적 부담은 죽을 때까지 그를 괴롭힐 것이다.

'나쁜 자식, 끝까지 내게 고통을 안겨주는구나.'

도영은 오래도록 침묵을 지키다가 다시 입술을 뗐다.

"황은령을… 불러주십시오."

"그 아이는 왜?"

"저를 황은령에게 넘겨주십시오. 그 계집과 오랜 감정을 청산하고 싶습니다."

"그 아이에게 너를 죽여달라고 부탁할 생각이냐?"

"부탁이 아니라… 우리 둘의 운명입니다. 만일 그 계집이 이런 꼴로 누워서 죽기를 청했다면 저는 기꺼이 들어주었을 겁니다."

"쯧쯧, 아주 잘 어울리는 독종들이로구나."

풍진성수는 자리를 털고 일어섰다.

"황은령은 진즉 떠났다."

"떠났다고요?"

"그래, 복수를 할 생각인 거겠지. 그 아이 역시 씻을 수 없는 상처를 당했지만 너처럼 좌절하지 않은 것을 보면 너보다는 훨씬 낫구나."

"상처라면……?"

"얼굴이 크게 훼손됐다. 내가 고쳐주려 했지만 복수를 하기 전까지는 그대로 지내겠다고 하였다. 아직 창창한 나이인데 평생을 원한과 복수의 굴레에서 살아가야 할 그 아이의 삶이 실로 가련하구나."

몸을 돌린 풍진성수가 방을 나가면서 한마디 던졌다.

"그래도 낙담에 빠져 죽을 생각만 하는 네놈보다는 훨씬 의미있는 삶이다."

도영 혼자 남게 되자 넓지 않은 초옥 안이 마치 숨소리 하나 들려오지 않는 구중궁궐처럼 적막했다. 마치 세상 밖으로 홀로 버려진 듯한 심정이었다.

자신의 눈으로 직접 보지 못했기에 자신이 구출되는 과정에서 어떤 상황이 전개되었는지는 전혀 알 수가 없다. 아무리 기억을 더듬으려 해도 태사건이 발출한 탈명전광비에 의해 몸 세 곳이 관통되면서 충격으로 혼절한 것이 전부였다.

이후 황은령과 정유건이 자신을 구하기 위해 뛰어들었고,

정유건이 천외마국의 추격을 막기 위해 남았다.

정유건이 아무리 귀명살식을 수련했다 해도 귀명마공과 청목마상을 비롯한 마병들을 혼자 감당하기는 불가하다. 그러나 정유건의 성격을 감안하면 대결을 결코 피하지 않았을 것이다.

'유건, 그래도 넌 내 친구였구나. 지옥 같은 투천정에서 형제처럼 살아온 우정이 남아 있었어. 너와의 다툼은 그저 불운한 운명일 뿐이었지.'

정유건의 비장한 최후를 떠올리자 절로 눈시울이 뜨거워졌다. 이제는 삶과 죽음으로 갈리어 다시는 만날 수 없는 처지가 되었으니 저승에서나 재회하게 될 것이다.

자신을 구하기 위해 죽은 친구였지만 그가 해줄 수 있는 것은 전무했다. 유일한 위안은 친구를 위한 복수이겠지만 그 또한 불가한 몸이 되었다.

그것이 더 분통했다.

정유건에 이어 황은령의 모습이 물안개처럼 피어올랐다.

정유건이 자신을 구하기 뛰어든 것은 조금이나마 이해가 되지만 황은령의 개입은 선뜻 납득이 가지 않았다.

'황은령이 날 구했다. 그리고 그냥 떠났다……'

그것은 어떤 사심도 없는 순수한 호의로 받아들일 수밖에 없었다. 하지만 호의로 인지하기에는 그들이 어렸을 적부터 부딪쳐 왔던 갈등과 감정의 골이 너무 깊었다.

'황은령, 천외마국의 침공 속에서 용케 죽지 않았군. 어쨌

든 목숨을 구함 받았으니 다시 만나도 너를 죽일 수 없는 처지가 되었구나.'

문득 태사건을 떠올린 도영은 과거와 현실이 혼재되었다.

태사건은 여산에서 처음 만났고, 당시 야우오도를 참살한 그의 잔악성은 워낙 커다란 충격이었기에 화인처럼 그의 뇌리에 새겨져 있었다.

그렇기 때문에 태사건이 아무리 중원제일공자로서 명성을 떨쳤어도 도영은 그것이 지극히 위선적임을 확신하고 있었던 것이다. 그렇다 해도 태사건이 천외마국의 무풍군이라는 신분임은 꿈에도 생각지 못했다.

'놈이 무풍군이었을 줄이야!'

도영의 생각은 천마성왕에게로 이어졌다.

'천마성왕, 공포의 대마왕답게 악마 같은 제자를 키웠구려. 이로써 당신에 대한 일말의 미련조차 끊을 수 있으니 오히려 다행이오.'

이어 그의 눈앞으로 여러 사람의 영상이 주마등처럼 스쳐지나갔다.

듣지도 보지도 못하는 몸에 기억까지 상실한 도치, 천외마국에 매여 있는 가엾은 생모 화후, 자신을 쫓아 천외마국까지 뛰어든 지혜로운 사매 강문약, 이제는 동문이 된 구완서, 그외에도 수서촌 시절의 동무 천웅, 비원(悲願)을 품고 타계한 사부 초현과 처절하게 죽어간 야우칠도……

도영은 지그시 입술을 깨물었다.

이대로 생을 마감하기에는 그가 해결해야 할 일이 너무나 많았다. 복수는 차제에 둔다고 해도 도치와 화우의 해후는 반드시 이뤄주고 싶었다.

그것을 해줄 수 있는 사람은 오직 자신뿐.

'내가 죽지 않은 것은 단지 숨을 쉬기 위해서가 아니다. 단순한 생존은 의미가 없다. 무공을 회복해야 돼. 십 년이든 이십 년이든 다시 수련을 거쳐서라도 이전보다 더 강한 나를 만들어야 한다.'

새롭게 생존 본능을 일깨운 도영은 고개를 돌려 탁자 위에 놓인 탕약을 바라보았다.

어깨와 가슴, 옆구리의 뼈가 파손되고 장기마저 다쳤기에 움직일 수 있는 것은 오른손뿐이었다. 그것도 아주 조금 쳐들 수 있는 정도였다.

도영은 천천히 손을 뻗었다.

근육이 당겨지면서 지독한 고통이 엄습해 왔다. 송곳으로 폐부를 쑤시듯 고통스러웠고 장기가 토막토막 끊기는 것 같았다. 신음 소리가 절로 입술을 비집고 흘러나왔으며 이마를 타고 식은땀이 흘렀다.

겨우 약사발을 쥔 도영은 자신에게로 끌어들였다. 고개를 조금 쳐든 그는 아주 조금씩 탕약을 마셨다. 몸의 고통을 덜어주고 체력을 회복시켜 주는 탕약이지만 그것을 마시는 과정이 너무나 힘겨웠다.

그러나 그의 의지는 여느 사람보다 강했기에 오랜 시간에 걸쳐 탕약 한 사발을 비울 수 있었다.

약기운 덕분으로 장기의 고통이 한결 덜해지면서 숨을 쉬기도 수월해졌다. 육신이 편해져서인지 피로감이 몰려들었다.

눈을 감은 도영은 스르르 꿈도 꾸지 않는 깊은 잠에 빠졌다.

얼마나 지났을까.

방문이 열리며 풍진성수가 들어섰다.

그는 바닥에 떨어져 있는 빈 약사발을 집어 들고는 담담한 미소를 지었다.

"그래, 이 정도로 무너질 녀석이 아니지."

그는 곤히 잠들어 있는 도영을 진맥하고는 잠시 고민에 빠졌다.

"경락의 훼손이 너무 크구나. 천고의 영약으로도 회복시키기가 쉽지 않으니 난감한 일이로다."

깊은 고심하던 노의원은 허리춤에서 침통을 꺼내 들었다.

"회천금침대법이 제발 효험이 있어야 할 텐데……."

3

황산 잠밀별부.

전서구를 통해 남궁세가와 소식을 주고받는 체제를 갖춘

이후 남궁현은 한 번도 잠밀별부를 찾아오지 않았다. 이는 외부와의 교류를 가급적 금제한 잠밀문의 엄격한 문규를 존중하려는 남궁현의 배려에서였다.

한데 이날은 남궁현이 직접 잠밀별부를 찾아왔다.

남궁현의 침중한 표정을 통해 강문약은 심상치 않은 사태가 발발했음을 직감했다.

남궁현은 차를 내온 구완서에게 애써 미소를 띠우고는 자리를 권했다.

"구 소저도 앉으십시오."

강문약이 허락하자 구완서가 한쪽 의자에 앉았다.

차를 한 모금 마신 남궁현이 잠시 주저하다가 입을 열었다.

"아주 좋지 않은 소식이오."

"설마 도 사제에게 무슨 사고가 생긴 것은 아니죠?"

구완서가 다그치듯 묻자 남궁현이 고개를 저었다.

"도 형에 관한 얘기가 아니오. 구천검제께서 피습을 당하셨소."

찻잔을 입으로 가져가던 강문약이 깜짝 놀라 눈을 휘둥그레 떴다.

"피습이라니요?"

"사실이오. 게다가 부상이 워낙 심각해 운신을 하실 수 없을 정도요."

"……."

"기습을 가한 자는 뜻밖에도… 태사건이었소."

강호 정세에 해박하지 않은 구완서는 의아해하는 정도였지만 강문약은 충격을 금치 못했다.

"어떻게… 그럴 수가!"

"놀라지 마시오. 태사건의 진정한 신분은 천외마국의 계승자인 무풍군이었소."

남궁현은 설천후가 피습을 당하게 된 경위를 소상하게 얘기해 주었다. 귀명마공과의 격돌과 탈명전광비를 발출한 태사건의 암습은 하나하나가 충격적인 사건이 아닐 수 없었다.

강문약은 한 손으로 머리를 감싸 쥐며 깊이 숙고했다.

직감적으로 단순한 피습이 아니었기에 그녀의 두뇌는 수십 가지의 상황을 유추하느라 뜨겁게 달아올랐다.

오랜 숙고가 끝나자 강문약이 침중한 어조로 말했다.

"천마성왕의 제자인 무풍군이 태사건이라는 사실은 실로 의외입니다. 저들이 얼마나 세상을 농락했는지 비로소 알게 되었습니다. 그로 인해 구천검제께서 피습을 당하게 되셨으니 저들의 간악함에 치가 떨립니다."

"이로써 천외마국을 토벌하려던 사패의 회동은 수포로 돌아갔고 말았소."

"소녀는 그 점이 이해가 되지 않습니다. 천외마국은 무림의 지배자임을 자처하는 자들이라 누구의 도전도 우습게볼 만큼 오만한 무리입니다. 여태까지의 전례를 감안하면 천마

성왕이 사패의 연합이 두려워 태사건에게 암습을 지시했다고
는 생각하기 어렵습니다."

강문약 역시 구천검제만큼이나 뛰어난 통찰력을 지닌 여
인답게 분석이 예리했다.

"어쩌면 이번 피습은 태사건의 독단적인 만행일 수 있습니
다. 또한 그자가 자신의 신분을 과감하게 드러냈다는 것은 더
이상 정체를 숨길 이유가 없기 때문이겠지요."

"그런 놈을 중원제일공자로서 추앙했으니 나를 비롯해 세
상 사람들은 모두가 장님이었소. 특히 귀명마공이라는 노마
를 희생시키면서까지 구천검제를 살해하려 했던 잔악함에는
모두가 할 말을 잃고 말았소."

남궁현은 생각만 해도 끔찍한지 고개를 절레절레 저었다.

강문약은 천외마국에 잠입한 적이 있었기에 귀명마공의
죽음에 대해 짙은 의혹을 제기했다.

"태사건이 귀명마공을 희생시킨 데에는 다른 이유가 있었
던 것 같습니다. 귀명마공은 천외마국의 삼공에 해당되는 마
두입니다. 그자의 지위를 감안하면 설사 구천검제 척살에 실
패한다 해도 그자를 보호했어야 마땅합니다. 한데도 그자를
가차없이 희생시켰다는 것은 태사건의 입장에서 그자를 죽일
수밖에 없는 이유가 있었던 것 같습니다."

강문약의 명석한 두뇌에 남궁현은 감탄을 금치 못했다.

"대단하시오. 그 문제에 대해서는 누구도 전혀 생각지 못

했는데……."

"당치 않습니다. 소녀가 천외마국에 대해 조금 많이 알고
있기 때문에 간파할 수 있었던 사안입니다."

이때 잠자코 듣고만 있던 구완서가 물었다.

"태사건 그 사악한 놈이 자신의 동료를 죽여서 얻는 이득
이 대체 뭐지?"

강문약은 두 손으로 찻잔을 감싸 입으로 가져갔다.

"확실치는 않지만 권력 다툼 때문이 아닌가 싶군요. 무풍
군으로서 천외마국의 계승자 신분이었던 태사건이 사형의 등
장으로 인해 자신의 지위가 위태로워졌습니다. 결국 귀명마
공을 신뢰할 수 없었기 때문에 구천검제의 척살을 빌미로 함
께 죽이려 한 것 같습니다."

남궁현은 아직 도영을 수서촌 천민 부락 출신으로만 알고
있기에 눈을 휘둥그레 떴다.

"그게 무슨 소리요? 도 형이 천외마국과 무슨 연관이 있
기에……?"

강문약은 잠시 주저하다가 사실대로 말해주었다.

"사형은 사실 천마성왕의 적통입니다. 혈통으로 논하면 사
형이 천외마국의 진정한 계승자라 할 수 있습니다."

"……!"

충격이 상당했는지 남궁현은 한동안 입을 다물지 못한 채
석상처럼 굳어졌다.

천마성왕의 적통!

그것을 어찌 상상이나 할 수 있겠는가.

향 한 자루가 다 탈 시간이 흘러서야 충격을 가라앉힌 남궁현이 식은 차를 단숨에 입에 털어 넣었다.

"내가 여태 꿈속에서 살고 있었구려. 나같이 어리석은 자가 어찌 만박수재로 불릴 수 있었나 모르겠소."

"자책하지 마십시오. 사형께서도 최근에야 알게 된 비밀이니 누가 짐작할 수 있었겠어요?"

"하면 도 형이 천외마국으로 뛰어든 이유가 자신의 신분을 확인하기 위함이었단 말이오?"

"그렇습니다. 또한 자신의 생모이신 화우를 모셔오기 위함이기도 했지요."

"그것참, 도 형이 대마왕의 혈육이었다니……!"

남궁현은 여전히 믿기지 않은지 연신 고개를 흔들었다. 그러다 무엇을 떠올렸는지 눈을 부릅떴다.

"이런, 자칫 도 형이 위험할 수도 있소!"

"왜 그러십니까?"

"도 형은 구천검제를 뵌 후 금검성을 떠났소. 어디로 간다는 얘기는 없었다고 하오. 개방에서 전해온 소식으로는 동남방으로 무산 방향이라 하였소."

강문약은 직감적으로 알아냈다.

"혈훼궁!"

"그럴 것이오. 천외마국에 의해 혈훼궁이 괴멸되었다는 소식을 구천검제부터 들었지 않았겠소?"

"사형은 혈훼궁과 약간의 원한이 있었습니다. 하지만 지난 번 혈훼궁을 찾아갔을 때 도백의 팔을 회수하였고 천뢰파천도를 양도받음으로써 구원(舊怨)은 해소했다고 볼 수 있지요. 게다가 사형은 황은령 소궁주와는 어렸을 적부터 복잡한 감정이 얽혀 있는 사이입니다. 혈훼궁이 천외마국의 침공을 받았다는 소식을 들었다면 반드시 찾아갔겠지요."

그러자 구완서가 탁자를 치며 일어섰다.

"하면 어서 가봐야 하는 거잖아?"

강문약은 깊이 고심하다가 행보를 정했다.

"구천검제의 안위는 강호의 행보와 직결됩니다. 향후 사태의 추이를 판단하기 위해서라도 찾아가 뵈어야겠습니다."

그녀는 구완서에게 시선을 돌렸다.

"사저, 천외마국이 대대적인 수색을 벌여 침공을 감행할 수도 있습니다. 당분간 도백과의 산책을 자중하고 별부 내에서만 지내세요."

"도 사제가 위험하다면서?"

"사형의 무공이라면 어떤 기습도 감당할 수 있을 겁니다. 지금은 별부를 지키는 것이 중요합니다."

강문약은 구완서의 손을 쥐며 단호하게 말을 이었다.

"만일 저와 사형이 돌아오지 못하면… 사저가 책임지고 잠밀문을 계승해야 합니다."

"그런 소리 마!"

구완서는 정색하며 강문약의 손을 뿌리쳤다.

"꼭 돌아와! 잠밀별부는 내가 반드시 책임질 테니까!"

잠밀별부를 나선 강문약과 남궁현은 능선 위로 올라섰다.

강문약은 멀리 남쪽 하늘가를 바라보며 짙은 그늘에 젖었다.

"태사건의 과감한 행보가 우려됩니다. 그자가 귀명마공을 죽였다는 것은 천마성왕에 대한 도전일 수 있습니다. 자칫 천외마국 내의 중대한 변란이 우려됩니다."

"사악한 놈들의 자중지란은 오히려 세상에 이롭지 않소?"

"전혀 그렇지 않습니다. 천외마국은 송대의 황족으로서 무림의 군왕임을 자처하는 마단입니다. 저들은 목적은 지배가 아니라 군림이었기 이백여 년 동안 공포와 위엄을 조장했을 뿐 대혈겁은 자제해 왔습니다. 하지만 태사건이 천외마국을 계승하게 된다면 방침이 바뀔 겁니다."

"군림이 아니라 지배……?"

남궁현의 표정이 심각하게 변했다.

"태사건이라면 능히 그럴 놈이오."

강문약은 여러 개의 진세 속에 숨겨져 있는 잠밀별부를 내려다보았다.

"사저가 함께 있어 미리 말씀드리지 못했지만… 어쩌면 사형은 이미 참화를 당했을 수도 있습니다."

남궁현의 안색이 하얗게 질렸다.

"그건 또 무슨 소리요?"

"천마성왕은 사형과 제가 천외마국에서 탈출할 때 전력을 다하지 않았습니다. 그것은 적통에 대한 천마성왕의 배려 덕분이었습니다. 그렇다면 여태 계승자 지위에 있던 태사건은 어찌 되겠습니까? 그자는 어떻게든 자신의 지위를 보존하기 위해 역모를 꾀할 수밖에 없을 겁니다. 그자가 귀명마공을 죽이고 구천검제를 척살하려 한 것은 이미 천마성왕과 맞설 자신감을 확보했기 때문으로 봐야 합니다."

남궁현 역시 뛰어난 두뇌를 지녔기에 상황의 흐름을 분명하게 파악할 수 있었다.

"큰일이구려. 구천검제께서 위중한 상황인데 도 형마저 변을 당했다면 무림은 거의 절망적이오. 패왕성과 백병궁만으로는 절대 천외마국을 상대할 수 없소."

강문약은 애써 최악의 사태를 부인했다.

"하늘이 무심치 않으니 그리 되지는 않을 겁니다."

"어서 갑시다."

솟구쳐 오른 두 사람은 표풍도운술을 전개해 허공을 가로질렀다.

第五十七章
대마왕의 통한

刀皇

1

음모는 밤에 이루어진다.

천외마국의 초입인 동백림 밖에 일단의 무리가 모여 있었
다.

태극마공과 오대마상.

천외마국의 수뇌들인 삼공오상 중 귀명마공이 이미 죽었
으니 문창마공을 제외한 수뇌급이 모두 모인 셈이다.

태사건 뒤로는 이미 충성을 서약한 청목마상과 백금마상
이 서 있었다.

태사건은 태극마공을 비롯한 삼대마상이 자신의 은밀한
지시를 받고 회합에 참가했다는 것만으로 이미 자신에게 동

조할 의사가 있음을 확신했다.

"태극마공의 용단이 중요하오."

태사건은 거사를 벌이는 데 가장 핵심 인물인 태극마공을 집중적으로 회유했다.

"본 국의 정통성을 유지하는 데 장애가 될 도영은 이미 죽었소. 그렇다면 계승자는 당연히 내가 되어야 하오."

태극마공은 태사건 뒤에 서 있는 두 마상을 힐끗 보고는 은근한 어조로 물었다.

"문창마공은 어찌하시겠소?"

"그를 호출하지 않은 것은 거사에 절대 동조하지 않을 사람이기 때문이오. 아쉽지만 그는 제거 대상이오."

"문창마공은 노신이 감당할 수 있지만 무슨 수로 전하를 쓰러뜨릴 수 있겠소? 이미 극마지경에 이른 전하는 우리 모두가 합공해도 적수가 되지 못하오."

"천마성왕은 내가 상대할 테니 그대들은 각자의 소임만 다하면 되오."

태사건이 천마성왕을 사부나 전하로 호명하지 않은 것은 더 이상 천외마국의 국주로 인정하지 않겠다는 의도였다.

태극마공은 잠밀문의 후예인 도영이 죽었다는 사실에 안심이 되었다. 가장 부담스런 상대인 귀명마공마저 황천객이 되었으니 이제 자신이 천외마국의 이인자가 될 수 있다는 점도 즐거운 예상이었다.

태극마공은 적화마상, 흑수마상, 황토마상 등 삼대마상을 쓸어보았다.

"전하께서 혈통을 고집하는 한 본 국은 보존될 수 없네. 나는 기꺼이 소군을 따를 것이네. 자네들은 어쩔 셈인가?"

삼대마상은 오래전부터 태사건을 계승자로 존중해 왔었기에 별다른 반론을 제기하지 않았다. 가문 대대로 영화와 권력을 누려온 그들로서는 자신들의 기반이 흔들리는 것을 원치 않았다.

삼대마상은 태사건을 향해 한쪽 무릎을 꿇었다.

"소군께 충성을 맹세하겠소!"

태사건은 회심의 미소를 띠며 삼대마상의 어깨를 다독여 주었다.

"이번 거사를 통해 천외마국은 새롭게 재건될 것이오."

2

천마성왕의 거처 천마전.

편전의 옥좌에 앉아 단하의 태사건을 직시하고 있는 천마성왕의 눈빛이 얼음처럼 차가웠다.

"도영을 데려오지 못했단 말이냐?"

"송구합니다, 사부님. 도 상공이 한사코 거부하기에 모셔 올 수가 없었습니다."

"오냐. 그 문제는 나중에 묻겠다."

천마성왕은 옥좌를 팔걸이를 가볍게 내려쳤다.

"네 어찌 귀명마공을 해친 것이냐?"

"당치 않습니다, 사부님. 불행한 사고는 귀명마공의 과도한 충정 때문에 비롯된 것입니다."

계단 아래 서 있던 문창마공이 눈을 가늘게 뜨며 물었다.

"소군, 과도한 충정이라 하였소?"

"그렇소. 구천검제가 삼패와 회동할 경우 본 국에 중대한 위협이 된다고 판단한 귀명마공이 구천검제와 단독 대결을 자청했소. 위험한 대결이기에 적극 만류했지만 귀명마공의 의지가 너무 확고했소."

태사건은 모든 책임을 귀명마공에게 돌렸다. 죽은 자는 말을 할 수 없기에 정황은 태사건이 의도한 대로 흘러갔다.

천마성왕은 태사건의 얘기를 전혀 의심하지 않았다.

"칼의 명인인 귀명마공으로서는 검의 제왕이라는 구천검제를 인정할 수 없었겠지. 사실 귀명마공이 구천검제와 대결하겠다는 뜻을 본좌에게 여러 번 피력한 적이 있었다."

문창마공은 여전히 태사건에 대한 의심을 풀지 않았다.

"입수된 정보에 의하면 탈명전광비 두 자루가 귀명마공의 등을 관통했다고 했소. 이 점은 어떻게 해명하겠소?"

"탈명전광비는 두 자루가 무형쾌에 파괴되었기에 위력이 저하되었소. 그런 상태로는 구천검제를 척살할 수 없음을 인식해서인지 귀명마공이 스스로 자신을 희생한 것이오. 물론 그 덕분에 구천검제를 척살하는 데 성공할 수 있었으니 귀명 마공의 희생은 헛되지 않았소."

태사건에 이어 청목마상이 거들었다.

"전하, 귀명마공께서는 대결에 앞서 속하에게도 죽음으로 충성을 다하겠다는 말씀을 하셨소이다. 귀명마공의 타계는 소군과 무관합니다."

당시 현장에 있었던 청목마상까지 나서서 비호하자 문창 마공도 더는 태사건을 문책할 수가 없었다.

문창마공은 옥좌의 천마성왕을 향해 청했다.

"귀명마공의 충정은 천세에 귀감이 되어야 하오이다. 그의 신위를 충렬사(忠烈祠)에 제향토록 윤허해 주십시오."

"윤허하겠소. 내 친히 귀명마공을 위해 제를 주관하겠소."

"망극하오이다, 전하."

귀명마공의 전사에 대한 문제가 원만하게 해결되자 태사 건이 은근한 어조로 아뢰었다.

"사부님, 혈훼궁을 토벌하는 와중에서 놀라운 전리품을 획 득했습니다."

"전리품?"

"예, 혈훼궁 사훼동을 수색하던 중 혈훼마후가 남겨놓은 최후의 심득을 발견할 수 있었습니다."

"혈훼마후의 심득이라고?"

천마성왕은 상당한 관심을 보였다.

혈훼마후는 한때 적통을 젖히고 계승자로까지 거론된 천외마국 최고의 재녀였다. 결국은 적통인 광천마왕이 국주에 등극했지만 무공은 혈훼마후에 미치지 못했다.

광천마왕은 자신의 권위를 유지하기 위해 혈훼마후를 내쳤으며 그 와중에 그녀를 지지하던 많은 수뇌들이 참수를 당했다.

백 년 전의 사태로 인해 천외마국의 전력은 크게 위축되었다. 특히 일부 절기는 혈훼마후만이 터득한 상태였기에 그녀의 축출은 절기의 유실까지 가져왔다.

이런 상황이기에 천마성왕이 혈훼마후가 남긴 심득에 관심을 갖는 것은 당연했다.

천마성왕이 관심 어린 눈빛을 발하자 태사건은 사훼동의 절기를 한껏 부각시켰다.

"귀명마공이 구천검제와 대결에 당당히 나설 수 있었던 것도 사훼동의 절기를 어느 정도 수련했기 때문이었습니다. 하지만 수련 기간이 짧다 보니 완성도가 미흡해 구천검제를 죽이지 못한 것입니다."

검의 제왕을 죽일 수 있는 절기.

지극히 매력적인 찬사에 천마성왕은 혀로 입가를 핥았다.

"그 절기의 이름이 뭐냐?"

"마극파천황입니다. 도검은 물론이고 어떤 병기로도 구사할 수 있는 초극의 파멸 수법입니다."

"마극파천황이라……. 너도 수련했느냐?"

"뇌리에는 담아두었지만 제대로 펼칠 수 있을지 모르겠습니다. 게다가 완성되지 않은 초식이라……."

"본좌가 직접 보겠다."

천마성왕은 팔걸이를 치며 벌떡 일어섰다.

"당장 연무장으로 가자."

금마궁 대형 연무장에 천외마국 수뇌급들과 마병들이 대거 운집했다. 국주가 친히 나서는 진귀한 대련이기에 분위기는 한껏 고조돼 있었다.

태사건과 천마성왕.

두 사람은 삼 장 거리를 둔 채 대치해 있었다.

"시작하라."

천마성왕이 턱짓을 해 보이자 태사건은 정중히 예를 표하고는 자청검을 뽑아 들었다.

"마극파천황의 위력은 엄청납니다. 사부님께서도 병기를 지니셔야 합니다."

"당치 않다. 본좌가 어찌 너를 상대로 병기를 뽑겠느냐?"

천마성왕은 가볍게 손을 쥐었다.

츄리릭!

손아귀에서 붉은 기운이 치솟아오르며 일곱 척 길이의 기검(氣劍)이 형성되었다.

기검은 노화순청에 이른 절세고수들만이 구사할 수 있는 초극의 절예로 기검의 위력은 신병에 버금간다. 하지만 워낙 과도한 진기를 요구하기에 오랜 시간 기검을 유지하기가 쉽지 않다.

천마성왕은 기검을 비스듬히 치켜들었다.

"자, 어서 펼쳐 보아라."

이를 지켜보는 문창마공은 왠지 불안에 젖었지만 천마성왕의 절기에 대한 집착을 잘 알고 있기에 만류할 수도 없었다.

태극마공은 문창마공 옆에 붙어선 채로 넌지시 물었다.

"설마 전하의 존체가 훼손되는 불상사는 없겠지요?"

"당치 않네. 그 어떤 절기라 해도 소군의 능력으로는 전하의 용포 한 조각 베지 못할 것이네."

"어쨌든 구천검제를 죽일 수 있는 절기라니 기대가 되오."

태극마공은 가는 미소를 머금으며 허리춤의 검을 가볍게 쥐었다.

태사건은 자청검에 혼신의 진기를 주입시켰다.

'기회는 오직 한 번뿐이다.'

극마지경에 이른 천마성왕의 무공을 익히 알고 있기에 그는 잠시 갈등하기도 했다. 하지만 도영이 자신에 의해 죽었다는 사실이 밝혀질 경우 참살을 면치 못하기에 결단을 내릴 수밖에 없었다.

'천외마국은 더 이상 조씨(趙氏)의 소유가 될 수 없다!'

단단히 작심한 그는 허공으로 솟구치며 힘차게 자청검을 내려쳤다.

"조심하십시오!"

파멸의 절기 마극파천황이 전개되자 순간적으로 세상의 빛이 모두 소멸되면서 절대적인 어둠이 사위를 뒤덮었다. 이어 수백, 수천의 검기가 폭포수처럼 쏟아졌다.

세상을 파멸시킬 듯한 엄청난 공세 속에서도 천마성왕은 절기를 감상하는 데 매료돼 있었다.

천외마국에 무수한 마공 절기가 존재하지만 이렇듯 강력하면서도 화려한 절기는 접해본 적이 없다.

'대단하구나! 과연 혈훼마후는 전무후무한 천재다!'

천마성왕은 마극파천황의 변화를 마지막까지 파악하기 위해 쏟아지는 검기에 대응하지 않았다. 최후의 순간 기검을 한 번 휘두르는 정도로 해소할 수 있다는 자부심 때문이었다.

태사건은 마극파천황의 변화가 최고조에 이르자 벼락처럼 탈명전광비를 발출했다.

번— 쩍!

순간적으로 분화된 여덟 개의 비도가 마극파천황과 함께 폭사되었다.

마극파천황의 변화에 심취해 있던 천마성왕은 쏟아지는

도기를 해소하기 위해 기검을 휘둘렀다. 그러다 비로소 섬전처럼 날아드는 여덟 자루의 비도를 인지하게 되었다.

예측 불허의 형태로 선회하며 날아드는 죽음의 광선!

'어엇?'

눈을 부릅뜬 천마성왕은 호신강기를 발출함과 동시에 빠른 속도로 기검을 휘둘렀다.

콰— 콰쾅!

어마어마한 굉음이 터지며 자청검이 박살 나면서 무수한 검편이 태사건을 향해 날아들었다. 한 차례 반격으로 마극파천황을 무산시킨 것이다.

"크으윽!"

태사건은 검편 몇 조각이 몸에 박히는 부상을 당한 채 뒤에 튕겨졌다.

여덟 자루의 비도는 천마성왕의 미심혈, 심장과 단전 등 치명적인 부위로 파고들었다. 천마성왕의 기검은 마극파천황을 해소하면서 거의 소멸되었기에 기검으로 쳐낼 수 있는 비도는 세 자루에 불과했다.

하지만 천마성왕의 반응은 가히 초인적이었다.

두 눈으로 투살마공을 발출해 두 자루 비도를 박살 냈고 양손을 휘둘러 두 자루 비도를 쳐냈다.

남은 비도는 한 자루.

퍼— 퍽!

한 자루의 비도는 단전 깊숙이 파고들었다. 단전은 치명적인 사혈이기에 적중되는 순간 죽음을 피할 수 없다.

"우욱!"

단전에 비도가 적중되고 바닥에 발이 박힌 상태로 뒤로 미끄러졌다. 두 자루 비도를 쳐낸 두 손은 손바닥이 관통되면서 허연 뼈가 드러났다.

믿을 수 없는 암습에 마병들 모두가 경악했지만 가장 충격을 받은 사람은 문창마공이었다.

"전하!"

문창마공은 천마성왕을 향해 몸을 날렸다. 순간 태극마공이 나란히 날아들면서 검을 휘둘렀다.

퍼억!

문창마공의 수급은 허공 높이 치솟아올랐고 몸뚱이만 바닥에 고꾸라졌다. 천외마국에서 지고한 신분으로 세상을 호령했던 문창마공으로서는 너무도 허무한 최후였다.

태사건은 마극파천황과 탈명전광비를 구사하고도 천마성왕을 즉사시키지 못하자 몹시 두려웠다. 그러다 천마성왕의 단전에서 흐르는 피를 보고는 득수를 확신했다.

그는 아직도 공황상태에 있는 마병들을 향해 외쳤다.

"모두들 들어라! 국주는 혈통조차 확인되지 않은 천한 놈에게 천외마국을 넘기려 했다! 이는 천외마국의 정통성에 위배되는 반역 행위다! 나는 정식으로 절차를 밟아 후계자로 내정된 무풍군이다! 누가 나를 따를 것이냐?"

태극마공이 가장 먼저 태사건 옆으로 내려섰다.

"노신이 소군을 따르겠소!"

이어 오대마상이 동조했고, 마상들에 의해 회유된 영주들이 태사건을 지지했다.

"소군을 따르겠습니다!"

반역!

천마성왕은 비로소 태사건의 간악한 역모를 깨닫게 되었다. 그에게 절대적인 충성을 바치는 친위대만큼은 그를 적극 비호하겠지만 문창마공이 참살되고 오대마상이 태사건에게 복속한 이상 사태를 되돌리기는 역부족이었다.

무엇보다 그가 당한 부상이 너무도 치명적이었다.

"건, 네놈이 감히……!"

태사건은 손잡이만 남은 자청검을 바닥으로 던졌다.

"천마성왕, 당신이 자초한 일이니 나를 원망하지 마시오. 정식 계승자인 나를 배제하고 어찌 근본도 모르는 몸을 계승자로 삼으려 했단 말이오?"

"도영은 본좌의 적통이다. 네놈이야말로 근본도 모르는 놈이 아니더냐?"

"크홋, 적통이라……. 그따위 것이 뭐가 중요하오? 천외마국은 당신 개인의 왕국이 아니라 적임자가 다스려야 할 무단(武團)이란 말이오."

태사건은 정중히 예를 표했다.

"이미 대세가 기울었으니 순순히 국주의 지위를 양도하시오. 장례는 후하게 치러주겠소."

천마성왕은 경락에 남아 있는 한줄기 진기를 순환시켰다.

"태사건! 네놈은 영원히 반역자로 기록될 것이다!"

허공으로 솟구친 그는 전각 너머로 날아갔다.

"친위대는 본좌를 경호하라!"

그의 명이 떨어지기가 무섭게 금빛 갑주를 걸친 친위대 마병들이 뛰어들었다. 일부는 인간 방벽을 형성해 천마성왕의 도피를 지원했고 일부는 천마성왕과 함께 이동하면서 경호 태세를 갖추었다.

태극마상이 오대마상을 돌아보았다.

"친위대를 격파하고 즉시 추격하라!"

"알겠소이다!"

오대마상은 각기 휘하들을 이끌고 친위대를 공격했다. 친위대 마병들은 방벽을 유지한 채로 물러서며 쇠사슬을 휘둘렀다.

퍼퍼펑―!

요란한 폭음과 함께 끔찍한 혈투가 전개되었다.

잠시 격돌을 지켜본 태극마공이 우려 섞인 어조로 재촉했다.

"소군, 시간을 끌수록 불리하오. 수단과 방법을 가리지 말고 국주를 제거해야 하오."

태사건은 천마성왕이 도주한 방향을 바라보며 느긋한 미소를 띠었다.

"천마성왕의 성격상 조금이라도 무공이 건재했다면 나부터 죽이려 했을 것이오. 하지만 그대로 달아났다는 것은 단전이 파훼되면서 무공을 완전히 잃었음을 의미하오."

"그래도 마병들을 모두 납득시키기 위해서는 국주가 죽어야만 하오."

"우려할 것 없소. 천마성왕이 도주한 방향을 보니 금화전이로군. 최후의 순간에 찾아간 곳이 금화전이라니… 아마 천마성왕은 더 비참한 임종을 맞게 될 것이오."

3

귀한 침향이 피어오르는 가운데 자그마한 불상이 보인다.

화후는 금화전 내에 불상을 모신 방에서 불공을 올리고 있었다. 파나국이 패망하고 강제로 끌려와 천외마국의 국모가 되었지만 그녀는 선대 왕족들을 위한 제를 잊지 않고 있었다.

화후는 선대 왕족들을 위한 추모에 이어 도치와 도영에 위해서도 기원을 올렸다.

지난번 이십삼 년 만에 혈육과 재회하면서 평생의 한을 풀었지만 이제는 천외마국과 맞서는 아들에 대한 걱정으로 가습을 졸여야 했다.

이때 문밖에서 시비 정향의 다급한 음성이 들려왔다.

"마마, 소인 정향이옵니다."

화후는 외부의 방해에 미간을 찌푸렸다.

"지금 기원을 올리는 중인데 웬 소란이냐?"

"송구하옵니다. 전하께서… 부상을 입고 찾아오셨습니다."

"……!"

화후는 놀라움을 금치 못했지만 부처님을 향해 마저 배례를 올리고는 방을 나섰다.

"소상히 말하거라."

"전하께서 워낙 위중하신 상황이라 별채로 모셨습니다."

"어찌 된 연유인지는 아느냐?"

"무풍군이 반역을 꾀했다고만 들었습니다."

"반역……?"

화후는 잠시 생각에 잠겼다가 정향과 함께 밖으로 나섰다.

금빛 갑주의 친위대 마병들이 금화전 정문과 담장 곳곳에 배치돼 있었다.

금화전 여인무사들은 갑작스런 변괴에 크게 당황해했다. 밖으로는 오대마상의 마병들이 금화전 전체를 에워싸고 있는 상황이라 과연 누구를 편들어야 할지 난감한 처지였다.

별채 앞에는 친위대 마장이 마병들과 함께 포진해 있었다.

화후가 다가서자 마병들이 길을 내주었다.

"드시지요, 마마."

화후는 엄한 표정으로 친위마장을 질책했다.

"전하께서는 드실 자격이 있지만 친위대 마병들이 어찌 금화전을 어지럽히는 것인가?"

"송구합니다, 마마. 무풍군이 반란을 일으켰기에 금화전으로 피신할 수밖에 없었습니다."

"금화전 내에 피를 뿌리는 일이 없기를 바라네."

화후는 정향을 대동해 별채 안으로 들어섰다.

침소의 문을 열자 역겨운 피비린내가 확 풍겨 나왔다.

"너는 여기 있거라."

화후는 침소로 들어서며 문을 닫았다.

반쯤 걷혀진 휘장 사이로 침상에 기대 누워 있는 천마성왕의 모습이 보였다. 단전에서 흘러나오는 피로 인해 침상 바닥까지 흥건하게 젖어 있었다.

화후가 다가서자 천마성왕은 힘겹게 미소를 지어 보였다.

"와주었구려, 화후."

화후는 피를 흘리는 천마성왕을 보고도 아무런 조치를 취하지 않았다.

"이제 무슨 수모입니까, 전하?"

"태사건… 놈이 감히 역모를 꾀했소."

"태사건에게 반골(反骨)의 기질이 있음은 선왕(先王)께서도 우려하신 일입니다. 하지만 전하는 그자의 자질만을 보고 직계제자로 삼으셨지요."

"이번 사태에는 당신도 책임이 있소."

"……."

"당신이 우리 아이를 외부에서 낳은 바람에 태사건 그놈을 무풍군으로 책봉할 수밖에 없었으니 말이오."

천마성왕은 두 손으로 단전 부위를 감싸며 가쁜 숨을 몰아쉬었다.

"내가 도영을 계승자로 삼으려 하자… 놈이 앙심을 품고 반역을 꾀한 거요."

"소첩은 도영이 천외마국의 국주로 등극하기를 원치 않습니다. 도영 역시 같은 마음입니다."

"그래서는 안 되오. 천외마국은… 적통인 도영이 계승해야만 하오."

천마성왕은 품속에서 비단 주머니를 꺼내 들었다.

"천마옥새(天魔玉璽)요. 절대 놈의 손에 들어가서는 안 되오. 당신이 지니고 있다가… 꼭 도영에게 전해주시오."

비단 주머니를 받아 든 화후가 냉랭하게 응수했다.

"도영에 대한 감정은 애틋하시군요."

"당연하지 않소? 본 국의 유일한 적통인데……."

천마성왕의 안색이 잿빛으로 변해갔다. 동공은 풀려 초점을 잃었고 목에서 가래 끓는 소리가 났다.

"당신이 나를 원망해도… 도영은 미워하지 마시오."

"물론 미워하지 않아요. 도영은 제 자식이니까요."

"내 아들… 이기도 하오."

천마성왕은 화후를 향해 떨리는 손을 내밀었다. 죽음에 앞서 조금이라도 위안을 받기 위함이었다. 하지만 화후는 천마성왕의 마지막 바람마저 외면했다.

"천마옥새는 태사건에게 전해줄 겁니다. 태후의 신분으로 천외마국의 국주임을 정식으로 인정하겠어요."

"화후……?"

"그래야 도영이 핏줄에 대한 부담없이 천외마국을 패망시킬 수 있으니까요."

화후의 얘기는 마디마디 비수가 되어 천마성왕의 가슴속으로 파고들었다.

"그리고 전하가 꼭 알아야 할 비밀이 있습니다."

"어떤……?"

화후는 또렷한 어조로 말했다.

"도영은 전하의 아들이 아닙니다. 도영의 아버지는 수서촌의 대망나니인 도치 대인입니다."

아버지는 대망나니 도치!

그녀의 마지막 한마디에 천마성왕은 눈을 부릅뜬 채 턱을 덜덜 떨었다. 무슨 말을 하려 했지만 이미 생명지기가 소진돼 혀가 굳었다.

천마성왕의 절명.

눈도 감지 못한 통한의 최후였다.

화후의 볼을 타고 절로 눈물이 흘러내렸다.

천마성왕의 죽음을 애도하는 눈물이 아니었다. 천외마국
에 의해 패망한 파나국과 당시 몰살당한 왕족들을 위해 흘리
는 추모의 눈물이었다.

화후가 정향을 대동해 별채를 나서자 친위마장이 조심스
레 물었다.

"전하는 어찌 되셨습니까?"

"승하하셨네."

"예에?"

"친위대의 임무가 끝났으니 금화전에서 떠나게."

"마마……?"

"무풍군을 따르든 죽어서 전하를 경호하든 그대들이 결정
하게나."

화후는 친위대를 뒤로한 채 금화전으로 향했다.

친위마장은 잠시 별채를 바라보다가 털썩 무릎을 꿇었다.
그는 별채를 향해 배례를 올리고는 마병들에게 마지막 명을
내렸다.

"나는 죽어서도 전하를 섬길 것이다. 하지만 너희는 금화
전을 나가 반역의 무리를 한 놈이라도 더 죽여라. 그것이 전

하를 향한 마지막 충정이다."

엄중한 명을 남긴 친위마장은 스스로 사혈을 찍었다. 친위
마장이 자결하자 친위대 마병들은 격한 어조로 외쳤다.

"역도들을 처단하라!"

친위대는 괴성을 외치며 금화전 밖으로 달려나갔다.

또 한 차례 혈투가 벌어졌지만 긴 싸움은 아니었다. 천외마
국의 전 마병이 운집한 상황이라 친위대가 아무리 용맹하다
해도 천외마국 전체의 상대가 될 수는 없었다. 친위대는 숨이
끊어질 때까지 마병들을 쓰러뜨리다가 난도를 당해 모두 몰
살했다.

태극마공과 오대마상을 대동해 금화전을 찾아온 태사건의
태도는 사뭇 당당했다.

"마마를 뵈옵니다."

접견실에서 태사건을 맞이한 화후가 건조한 음성으로 물
었다.

"이제 어쩔 셈인가요, 무풍군?"

"국주의 자리는 한시도 비워둘 수 없으니 절차에 따라 제
가 계승하겠습니다."

"국주에 등극하려면 천마옥새가 필요하겠군요?"

"그렇습니다. 천마옥새를 순순히 내주신다면 마마를 태후
로서 깍듯하게 섬기겠습니다."

화후는 천마성왕에게 받은 비단 주머니를 태사건에게 건네주었다.

"국주의 장례는 무풍군이 주관하세요."

"여부가 있겠습니까? 본 국의 신민 모두가 참여하는 성대한 장례를 약속드리겠습니다."

천마옥새를 확인한 태사건은 품속에 갈무리하고는 예를 올렸다.

"그럼 이만."

태사건이 돌아서자 화후가 잠시 주저하다가 그를 불러 세웠다.

"무풍군, 잠깐만."

"말씀하십시오."

"전하께서 그대에게 도영의 추포를 명했다고 들었어요. 혹시 소식을 모르나요?"

태사건의 입가에 가는 미소가 피어올랐다.

"사실 무산에서 도영을 만났습니다."

"만났다고요? 한데 왜 함께 귀환하지 않고……?"

"끝까지 귀환을 거부하기에 제가 탈명전광비를 던져 죽였습니다. 유감입니다, 마마."

태사건은 차가운 웃음을 흘리며 접견실을 나갔다.

"하하핫!"

화후는 충격과 비통함에 젖어 가슴을 움켜쥐었다. 상심이

지나쳐 그대로 심장이 터질 것만 같았다.

"흐윽……!"

그녀가 피를 토하자 정향이 급히 달려와 혈도를 쳐서 뒤엉
킨 기혈을 풀어 주었다.

"마마, 정신 차리십시오!"

화후는 손으로 얼굴을 가리며 오열을 터뜨렸다.

"흑흑, 도영아……!"

금화전을 나선 태사건은 전각 봉쇄를 명했다.

"금화전의 출입을 엄중하게 통제하시오."

태극마공이 금화전을 힐끗 돌아보고는 나직이 물었다.

"왜 화후를 함께 제거하지 않으신 것이오?"

"흑마역의 농노들과 혈마역의 양민들을 안정시키려면 화후
가 필요하오. 게다가… 아직 도영의 시체를 확인하지 못했소."

"놈은 탈명전광비에 세 곳이나 적중됐다고 하지 않았소?"

"워낙 독종이다 보니 안심할 수 없소."

금화전을 벗어나자 태사건은 태극마공을 재촉했다.

"장례는 최대한 짧게 끝내시오. 나는 속히 국주로 등극하
고 싶소."

第五十八章
삶과 죽음의 경계, 음양계

刀皇

1

　금검성은 비상경보가 발령된 상태라 안팎의 경계가 철통 같았다. 성문과 성벽은 물론이고 각 전각을 출입하는 중문과 담장까지 검수들이 배치돼 외부의 침입에 대비했다.

　금검성에 당도한 강문약과 남궁현은 성문을 들어서는 데 만도 한 시진이 넘는 검색을 거쳐야 했다.

　다행히 설한지가 직접 나와 인도해 준 덕분에 내궁까지 들어갈 수 있었다.

　부친의 위중함 때문인지 설한지의 표정이 워낙 심각해 남궁현은 평소처럼 농담도 늘어놓을 수가 없었다.

　세 사람은 연못가에 세워진 수각 안의 탁자에 둘러앉았다.

무거운 침묵이 흐르는 가운데 차를 마신 강문약이 먼저 찾아온 용건을 말했다.

"언니, 성주님을 뵐 수 있을까요?"

설한지는 침울한 표정으로 고개를 저었다.

"아버님께서는 무고(武庫)에서 요양 중이셔. 폐관 수련과 다름없는 상황이라 나도 뵐 수가 없어."

"회복은 가능하시겠죠?"

"모르겠어. 의원 말로는… 의식은 회복할 수 있겠지만 거동은 장담할 수가 없다고 했어."

설한지는 주먹을 불끈 쥐며 탁자를 내려쳤다.

"태사건 그 새끼를 죽여야겠어. 문약 너는 도영과 함께 천외마국을 다녀왔으니 놈들의 소굴이 어디 있는지 잘 알 거야. 어서 말해. 당장 달려가서 태사건 그놈을 토막 내버리겠어!"

그녀가 분통함을 참지 못하고 악을 써대자 남궁현이 부드럽게 위로해 주었다.

"설 소저, 그런 사악한 놈을 어찌 쉽게 죽이려 하시오? 천천히 숨통을 조여 죽지도 살지도 못하는 고통을 안겨야 하지 않겠소? 그것이 진정한 복수이지만 일단 성주님의 상세를 지켜보아야 하니 진정하시오."

"그 새끼만 생각하면 내가 분통 터져 미치겠어! 그런 사악한 악마가 중원제일공자였다니!"

"나도 그런 자를 형으로 예우했으니 부끄럽기만 하오."

"역시 도영이 옳았어. 도영은 놈이 처음부터 사악한 놈인지 알고 있었지. 한데도 우리는 그 말을 믿지 않았던 거야."

차를 한 모금 마신 설한지가 강문약에게 시선을 돌렸다.

"도영한테는 왜 여태 소식이 없어? 대체 어디를 간 거야?"

"사실 저도 사형의 행방을 알기 위해 찾아온 것입니다."

"그럼 너도 모른단 말이야?"

"혈휘궁을 찾아간 것으로만 추정될 뿐 정확한 소재는 모릅니다."

"설마 도영한테 무슨 사고가 생긴 것은 아니겠지? 태사건 그 사악한 새끼가 거짓된 탈을 벗고 나대는 것이 어째 불안하기는 해."

강문약은 설한지의 손을 쥐며 안심시켜 주었다.

"사형은 진작부터 태사건의 위선을 간파한 분이십니다. 괜찮을 겁니다."

"그래, 기습만 당하지 않았으면 무사할 거야. 비열한 암습이 아니었다면 아버님께서 어찌 부상을 당하셨겠어?"

찻잔을 비운 남궁현이 화제를 돌렸다.

"이제 사패회동은 어찌 되는 거요?"

"아버님 대신에 오빠가 나서서라도 사패회동을 성사시키려 하지만 녹황맹 놈들이 문제야. 아버님께서 피습을 당했다는 소식에 녹황맹은 한 걸음 물러나 관망한다는 거야."

"녹황맹이라면 능히 그럴 무리요. 게다가 패왕성은 자신들의 주도로 정사연합을 이끌려 할 테니 사패회동은 쉽지 않을 것이오."

이때 수각 아래로 순찰무사가 다가섰다.

"공녀님, 개방의 엽 소방주가 찾아오셨습니다."

"비렁뱅이가? 어서 안내해."

"예, 공녀님."

잠시 후 순찰무사는 엽인걸을 수각까지 안내하고 돌아갔다.

수각으로 올라선 엽인걸은 인사도 생략한 채 강문약에게 서찰을 내밀었다.

"강 낭자 앞으로 보내진 서찰이오."

"……?"

"봉투에 쓰인 필체로 보아 사내의 서찰은 아닌 것 같소."

엽인걸은 스스로 차를 따라 마시며 실없는 농담을 던졌다.

"물론 내가 쓴 연서(戀書)가 아닌 것은 확실하오."

강문약은 봉투를 세심하게 살폈다.

봉투는 단단히 봉인돼 있었고 문약이라는 이름 두 글자만 쓰여 있었다. 섬세한 필체로 미루어 여인의 것으로 짐작되었다.

'누가 내게 서찰을 보냈을까?'

강호에서 그녀의 존재를 아는 사람은 많지 않기에 서찰을 보낼 사람이 없다고 해도 과언이 아니었다. 어쨌거나 자신 앞으로 보내진 서찰이니 확인해 보아야 했다.

강문약은 봉인을 뜯고 서찰을 꺼내 들었다.

하늘의 물이 처음 열렸을 때
요지선녀의 옷자락이 내려앉은 곳
한 마리 용이 하늘에서 떨어져
자비로운 바람에 둘러싸여 있다

한 편의 시라 하기에는 자구도 맞지 않고 음운도 어색했다.
오히려 암호문에 가까웠다.

강문약은 서찰을 몇 번 살피고는 남궁현에게 넘겼다. 남궁
현은 두어 번 훑어보고는 다시 강문약에게 돌려주었다.

이에 설한지가 발끈하며 서찰을 가로챘다.

"왜 니들끼리만 보는 거야?"

남궁현은 차를 마시며 심드렁하게 응수했다.

"설 소저가 본다고 뭔지나 알겠소?"

"이게 또 나를 무시해?"

잔뜩 부아가 치민 설하지는 남궁현을 쏘아보고는 힘차게
서찰을 펼쳤다. 시도는 당당했지만 시처럼 모호한 글귀를 접
하는 순간 표정에 묘하게 일그러졌다.

무학과 싸움에는 밝을지 몰라도 널리 알려진 시문 몇 편을
암송할 수 있는 게 전부인 그녀의 얕은 지식으로는 서찰의 내

용을 이해할 수가 없었다.

"제기, 누가 이따위 돼먹지 못한 글을 보낸 거야?"

엽인걸이 투덜거리는 그녀에게서 서찰을 빼앗아 펼쳤다.

"무식한 설 누이가 뭘 알겠어?"

하지만 그 역시 명석한 두뇌의 소유자가 못 되었기에 표정이 어색해졌다.

"헤, 역시 남궁 형 말마따나 보지 않는 게 나을 뻔했어."

엽인걸에게서 서찰을 돌려받은 강문약이 몸을 일으키며 예를 표했다.

"소녀는 이만 가봐야겠습니다."

남궁현이 몸을 세워 마주 예를 표했다.

"꼭 찾으시오. 도 형이 무사하기를 바라겠소."

"고맙습니다."

강문약은 서둘러 수각을 내려갔다. 정문으로 향하는 그녀의 발걸음이 다소 어지러워 보였다.

설한지가 눈을 상큼 치켜뜨며 물었다.

"이거 도영과 연관된 서찰이었어?"

"그렇소."

"왜 진작 말하지 않았어? 니들은 대체 어떻게 안 거야?"

남궁현은 신중한 표정으로 턱을 어루만졌다.

"어려운 암시는 아니었소. 요지선녀의 전설이 서린 곳이 여러 곳 있지만 하늘의 물이 열린 장소는 하나뿐이오. 바로 무산의 신녀봉임을 말함이니 선녀의 옷자락이 내려앉은 곳은 신녀봉 기슭이 아닌가 싶소."

엽인걸은 비로소 이해가 되었는지 손뼉을 쳤다.

"맞아. 대파산 준령을 잘라 장강의 물을 터준 신녀가 바로 요지선녀이니 무산 신녀봉이 확실해."

조금은 난해한 첫 구절이 풀리자 설한지가 빠르게 눈알을 굴렸다.

"그렇다면 한 마리 용은 도영이란 건가? 하늘에서 떨어졌다면 크게 다쳤다는 뜻이고?"

남궁현은 가볍게 고개를 끄덕였다.

"그렇기는 해도 풍진성수께서 보살펴 주고 있다면 안심해도 되오."

"가만, 자비로운 바람이 풍진성수를 의미하는 거야?"

"틀리지 않을 거요."

"이런, 젠장!"

설한지가 벌떡 일어서며 남궁현을 질책했다.

"니들끼리 잘난 체하는 바람에 풍진성수를 모셔올 기회를 놓쳤잖아? 정확한 위치가 어디야? 풍진성수를 찾아가 아버님을 치료해 달라고 해야겠어."

"강 낭자가 찾아갔으니 말씀을 올릴 거요. 풍진성수 어른께서는 번잡함을 싫어하시니 여럿이 몰려가는 것보다 강 낭자 혼자 가는 편이 낫소."

"너는 왜 같이 가지 않았어? 문약을 마음을 차지하려면 최대한 밀착해서 다녀야 하는 거잖아?"

남궁현은 난간 밖으로 보이는 연못을 바라보며 쓴웃음을 지었다.

"아름다운 우정이라도 남아야 하지 않겠소? 강 낭자는 차기 잠밀문주로 내정된 귀한 신분이라 남궁세가에 매일 수 없는 몸인데 내가 과욕을 부린 것 같소."

그러자 엽인걸의 남궁현의 어깨에 팔을 두르며 위로해 주었다.

"형, 남궁세가의 며느리가 될 만한 여인을 내가 알고 있어. 몸이 튼튼해 애도 쑥쑥 잘 낳을 거야. 성격이 조금 드세지만 사리 분별이 확실하니 가문을 재건할 만며느릿감으로 손색이 없을 거야. 이제 강 낭자는 잊어."

설한지가 고개를 갸웃거리다가 넌지시 물었다.

"인걸, 혹시… 나를 언급하는 것은 아니겠지?"

엽인걸은 어이가 없다는 듯 그녀를 연신 쓸어보았다.

"설 누이가 몸이야 튼실하지만 애를 잘 낳을 체형은 못 되는데? 게다가 사리 분별이 확실한 것도 아니고?"

"너, 이 자식!"

설한지가 얼굴을 붉게 물들이며 발작하려 하자 남궁현이 그녀를 제지했다.

"그만두시오. 설 소저가 너무 우울해하기에 인걸이 웃자고

하는 소리였소."

그 말에 설한지는 치켜들었던 주먹을 내리며 실소를 흘렸다.

"그동안 내가 아버님 걱정 때문에 너무 상심했는데 너희를 만나 처음으로 웃어보는구나."

"너무 심려 마시오. 성주님은 초극지경에 이른 분이시니 반드시 쾌차하실 거요."

"그래, 나도 그렇게 믿어."

난간으로 다가선 설한지는 서남향 하늘을 바라보았다.

"도영도 무사해야 하는데……."

2

죽장을 짚으며 옮기는 걸음이 위태롭다. 한 걸음을 내딛는 시간이 얼마나 긴지 청년이 초옥을 나서 마당을 가로지르기까지 무려 한 시진이나 걸렸다.

사각사각……!

풍진성수는 작두로 약재를 썰다가 시선을 돌려 청년을 바라보았다. 그의 입가에 잔잔한 미소가 피어올랐다.

'대단한 녀석이야. 저렇듯 고통을 감내할 수 있는 사람도 흔치 않지.'

한 걸음을 옮길 때마다 식은땀을 흘리고 있는 청년은 다름 아닌 도영이었다.

탈명전광비에 의해 몸이 세 곳이나 관통되는 중상을 당하고도 이렇듯 운신할 수 있다는 것이 기적이었다.

물론 풍진성수의 놀라운 신술 덕분이기는 해도 스스로 움직일 수 있다는 것은 고통을 이겨내는 정신력 없이는 불가한 일이었다.

왼팔은 아직 낫지 않았고 가슴과 옆구리의 부상이 커서 그는 가벼운 충격만으로 장기가 찢어지는 듯한 고통에 이를 악물어야 했다.

오랜 시간에 걸쳐 마당을 가로지른 도영은 천천히 숨을 몰아쉬었다.

숨을 크게 내쉬었다가는 송곳으로 폐부를 찌르는 듯한 참담한 통증에 시달려야 하기에 호흡조차 조절해야 했다.

그는 고통 때문에 의지가 무너지려 할 때마다 스스로를 위로하며 마음을 다잡았다.

'그래도 어제보다는 나아지고 있다!'

도영은 멀리 산굽이를 따라 흐르는 장강을 내려다보았다. 무산협을 헤쳐 나온 물살은 여전히 드세고 거칠었다. 다소 거리가 있음에도 여울을 휘도는 물소리가 초옥까지 메아리쳐 들려왔다.

도영은 장강을 바라보며 잠밀문의 절기인 백팔번뇌도를 떠올렸다.

무공이라기보다 세상의 이치가 담긴 비학.

백팔번뇌도를 수련한 덕분에 그는 지옥 같은 투천정에서 최강의 투사들과 싸워 살아남을 수 있었다.

그의 경락을 통해 절로 공력이 형성된 것도 백발번뇌도 덕분이며 숱한 부상을 당하고도 회복이 빨랐던 것도 백팔번뇌도가 지닌 신비한 효험 덕분이었다. 하기에 거의 폐인이 되다시피 한 그가 지금은 믿을 수 있는 것도 백팔번뇌도뿐이었다.

'난 반드시 회복될 것이다!'

도영은 스스로에게 강한 최면을 주지시켰다.

그러다 손에 쥔 죽장을 본 그는 진한 허탈감에 젖었다.

"여명… 너를 잃은 것이 정말 안타깝구나."

그와 오랜 세월을 함께해 온 병기 여명도.

비록 천수귀장이 버린 실패작이라 해도 그가 칼날을 벼렸고 여명(黎明)이라는 이름을 붙여준 칼이기에 몸의 일부가 떨어져 나간 듯 허전했다.

"태사건! 네놈을 여명도로 베어 죽이지 못하는 것이 정말 통한이다."

죽장을 쥔 그의 손등에 푸른 힘줄이 돋았다. 하지만 아직 과도한 힘을 집중할 수 없는 몸이라 그는 흥분할 때마다 극심한 통증에 시달려야 했다.

이때 하나의 섬세한 그림자가 강변을 타고 거슬러 올라왔다. 여인의 유연한 몸놀림은 사람이 아니라 한 마리 새를 연상케 했다.

"사형!"

청아한 외침이 울려 퍼지는 가운데 한 여인이 허공을 가로질러 도영 앞에 내려섰다.

눈앞의 여인이 강문약임을 알아본 도영이 시선을 돌렸다. 경위야 어찌 됐든 잠밀문의 제자로서 천외마국의 무리에게 참패를 당해 반 폐인이 되었으니 부끄럽지 않을 수 없었다.

"어떻게… 찾아온 거야?"

한쪽 팔과 상반신을 붕대로 칭칭 동여맨 도영을 바라보는 강문약의 눈망울에 안도와 아픔이 혼재되었다.

"이만하기를 다행입니다."

"사매 눈에는 이게 다행으로 보여?"

"소궁주의 서찰을 보고 얼마나 걱정했는지 몰라요."

도영은 검미를 슬쩍 치켜 올리며 강문약을 보았다.

"황은령이 사매에게 서찰을 보냈다고?"

"예, 덕분에 이곳까지 찾아올 수 있었습니다."

강문약이 가까이 다가서자 도영이 다급히 외쳤다.

"내 몸… 건드리지 마."

반가움에 포옹을 하려던 강문약은 얼른 한 걸음 물러섰다.

"아, 알겠습니다."

도영은 그녀의 비틀어진 이목구비를 잠시 주시하다가 초옥 마당 쪽으로 천천히 고개를 돌렸다.

"풍진 노선님께 인사를 올려."

"예, 사형."

강문약은 옷깃을 여미고는 마당으로 들어섰다. 풍진성수는 누군가 찾아왔음을 알면서도 탁자에서 약재만 분류하고 있었다.

강문약은 공손하게 절을 올렸다.

"소녀 강문약이 노선님을 뵈옵니다."

풍진성수는 머리를 긁적이며 그녀를 힐끗 보았다.

"잘 왔다. 이제 웬만하면 저 녀석을 데려……."

그러다 눈을 치켜뜨며 강문약의 얼굴을 주시했다.

"어라? 너……?"

도영이 힘겹게 걸음을 옮기며 말을 받았다.

"맞습니다. 제가 말씀드렸던 칠음절맥의 여인이 바로 그녀입니다."

풍진성수는 마치 진귀한 연구 대상을 만난 듯 흥분된 기색으로 강문약을 가까이 불러들였다.

"이리 오너라."

"예, 노선님."

강문약이 가까이 다가서자 풍진성수는 신중한 모습으로 진맥했다. 평소와 달리 맥을 짚는 시간이 길었다.

"흐음, 칠음절맥이 확실하구나. 한데 네가 어찌 여태 수명을 유지할 수 있었던 것이냐?"

"사부님께서 조치해 주셨습니다. 천고의 영약은 아니지만 귀한 약재를 구해 치료해 주신 덕분에 소녀가 살 수 있었습니다. 사부님께서는 소녀가 서른까지는 살 수 있을 거라 하셨습니다."

"서른이면 사람에게 창창한 나이다. 네게는 비통한 요절과 다름없는데 두렵지 않은 것이냐?"

"스물도 못 넘길 운명이었는데 서른까지 살게 되었으니 오히려 기뻐해야 하지 않겠습니까?"

"허어!"

길게 탄식한 풍진성수가 강문약과 도영을 번갈아 보았다.

"너희 잠밀문은 초연함만을 강조한단 말이냐? 정작 소중한 것은 사람의 목숨이며 신체이다. 한데 자신을 소중히 여기지 못하고서 어찌 세상을 소중하게 여길 수 있단 말이냐?"

강문약은 차분한 어조로 말을 받았다.

"소녀에게는 아직 칠팔 년의 세월이 남아 있습니다. 지금 중요한 것은 사형의 치료입니다. 노선님의 신술로써 제발 사형을 회복시켜 주십시오."

"노부로서는 최선을 다했다. 워낙 중한 부상을 당했는데도 저렇듯 멀쩡하게 걸어 다니고 있으니 세월이 흐르면 저절로 회복될 것이다. 왼쪽 어깨뼈가 으스러져 팔이 온전하지는 못하겠지만 도끼질 정도는 가능하겠지."

"노선님, 태사건의 암수에 의해 구천검제께서 치명상을 당

하셨습니다. 이런 상황에서 사형마저 나서지 못하면 무림의
운명이 위태롭습니다."

풍진성수보다는 도영이 더 크게 놀랐다.

"뭐, 뭐야? 구천검제께서… 부상을 당했다고?"

강문약은 간략하게 경위를 설명해 주었다.

"구천검제께서 귀명마공과 대결하는 와중에 태사건이 탈
명전광비를 발출했습니다."

"구천검제조차 탈명전광비를 막아내지 못했다는 거야?"

"태사건은 구천검제의 이목을 속이기 위해 귀명마공까지
희생시켰습니다. 두 자루 비도가 귀명마공의 몸을 관통하는
바람에 구천검제께서도 미처 대비하지 못하신 거지요."

"간악한 놈!"

도영은 자신과의 대결에서도 기습적으로 탈명전광비를 날
린 태사건을 떠올리며 이를 악물었다.

"네놈을 어떻게 죽여야 할지 모르겠구나!"

피가 끓을 만큼 흥분하는 바람에 참담한 고통이 전신으로
엄습해 왔다.

풍진성수는 침중한 표정으로 통나무 의자에서 일어섰다.

"구천검제는 살 만큼 살았다. 당장 죽는다 해도 아쉬울 게
없지. 게다가 탈명전광비에 적중되고도 즉사하지 않았다면
한동안 목숨을 유지할 수 있을 것이다."

그는 몇 가지 약재를 챙겨 초옥으로 향했다.

"네 절중을 당장 치료할 수는 없지만 최고의 처방을 만들어보겠다."

풍진성수가 초옥 안으로 들어가자 강문약은 도영을 부축해 통나무 의자에 앉혔다.

"대체 어찌 된 일입니까?"

도영은 참담한 패배를 다시 떠올리기 싫어 간단하게 대답했다.

"혈훼궁을 찾아가던 중 태사건을 만나 싸우게 되었어. 놈이 전설의 비도를 지니고 있는지 전혀 몰랐지."

"야우칠도의 복수를 위해 은천야우칠절식만으로 대결에 임하셨는지 모르겠군요."

강문약의 예리한 지적에 움찔한 도영은 얼른 화제를 돌렸다.

"황은령이 나를 이곳까지 데려왔는데… 정유건이 천외마국 악도들의 추격을 막기 위해 혼자 남았다고 했어. 죽었을 거라고 하더군."

강문약은 두 사람의 우정과 갈등에 대해 누구보다 잘 알고 있기에 도영의 비통한 심정을 충분히 이해했다.

"그분은 진정 의협이었군요. 완서 사저와 함께 잠밀문이 제자가 되었다면 모두가 행복했을 겁니다."

"참, 천외마국의 동향은 어때?"

"아직 잠잠합니다. 하지만 태사건의 과격한 행보로 미루어

마국 내에서 한바탕 변란이 일어날 것 같습니다."

"그럴 거야. 태사건은 내가 죽어야 자신이 계승자가 될 수 있다고 토로했으니까."

도영은 문득 화우가 걱정되었다.

천마성왕과는 혈연관계라는 것 외에 특별한 감정이 없기에 설사 죽는다 해도 눈물 한 방울 나오지 않겠지만 화우는 다르다. 자신이 마왕의 자식으로 살지 않기 위해 헌신적인 노력을 한 생모가 아닌가.

"화우가 제발 무사해야 할 텐데……."

강문약이 온화한 미소를 띠며 그를 위로해 주었다.

"안심하세요. 어떠한 경우에도 화후는 안전하실 겁니다. 천외마국의 체제를 유지하기 위해서라도 화후의 존재는 절대적이니까요."

지혜로운 여인의 위로여서 그런지 왠지 믿음이 갔다.

이때 초옥의 문이 열리며 탕약 냄새가 코를 찔렀다.

풍진성수는 탁자 위에 두 개의 약병을 내려놓았다.

"두 가지 환약을 조석으로 삼칠일 정도 복용하면 네 절증이 차도를 보일 것이다. 완벽한 치료를 위해서는 한 가지 영약이 더 있어야 하는데 그것을 구하기란 쉽지 않다."

한데 강문약은 자신의 수명과 결부된 치료조차 별반 달가워하지 않았다.

"노선님께 한 가지 청이 있습니다."

"무엇이냐?"

"세상을 구할 심도의 행방을 알려주십시오."

사대신도 중 으뜸이라는 전설의 칼 생사심천도.

풍진성수는 손사래부터 쳤다.

"황은령도 노부에게 심도에 대해 물었는데 이제 너까지 노부를 괴롭히는 것이냐?"

"소녀는 노선님께서 심도를 탄생시킨 귀심신의와 무관하지 않음을 알고 있습니다."

"뭐야?"

눈이 휘둥그레진 풍진성수가 강문약을 직시했다.

"네가 지금 무슨 소리를 하는 것이냐?"

"잠밀별부에 소장돼 있는 책자에 사대신도에 관한 기록이 있습니다. 귀심신의의 의술은 제자를 통해 누대에 걸쳐 이어졌는데 노선님께서 그 의술을 계승하신 것으로 기재돼 있습니다."

강문약의 정확한 지적에 풍진성수는 무거운 침음을 발하며 돌아섰다.

"세상에서 가장 정의롭다는 잠밀문이 남의 신상까지 파악하는 것이냐?"

"송구합니다, 노선님."

"이미 오랜 세월 전에 묻힌 전설을 왜 끄집어내려 하는 것이냐?"

"전설의 사대신도 중 세 자루가 동시에 출현했습니다. 한데 안타깝게도 세 자루 칼은 모두 흑도(黑道)가 지니면서 세상을 위해 쓰여야 할 신병들이 오히려 세상을 해치고 있습니다. 지금의 상황에서는 오직 생사심천도만이 어둠으로 물든 세 자루 신도를 제압할 수 있습니다."

강문약은 무릎을 꿇으며 간곡하게 청했다.

"부탁드립니다, 노선님."

풍진성수는 해가 뉘엿뉘엿 저무는 능선을 올려보았다.

"생사심천도는 그 탄생 과정이 너무 잔혹해 모두에게 저주받은 칼이다. 더군다나 그 칼은 몸속에 가두는 순간 전신이 분쇄되고 만다. 그런 칼을 어찌 요구하는 것이냐? 생사심천도는 분명 존재하지만 누구도 그 칼을 다룰 주인이 될 수 없는데 말이다."

"정녕… 칼을 다룰 방법이 없는 겁니까?"

"인간 한계를 넘어선 공력을 소유한 자라면 심도를 몸속에 담을 수 있겠지. 하지만 그것을 끄집어내는 방법은 누구도 모른다. 심도를 탄생시킨 귀심신의 조사께서도 칼을 뽑기도 전에 분사하셨으니 말이다."

지극히 절망적인 얘기에 도영이 강문약을 나무랐다.

"그만둬, 사매. 중요한 것은 병기가 아니야. 내가 어떻게든 몸을 회복해 천외마국을 상대하겠다."

풍진성수가 그를 돌아보며 고개를 끄덕였다.

"오냐, 그것이 가장 현실적이다."

"심도는 관심없습니다. 하지만 사매의 절증을 완치시킬 수 있는 영약의 소재를 일러주십시오."

"허어, 니들이 번갈아서 노부를 쥐어짜는구나."

풍진성수는 잠시 숙고하다가 찌푸렸던 표정을 폈다. 그는 탁자 위에 놓여 있는 두 개의 약병을 가리켰다.

"두 개의 약병에는 각기 천년금구의 내단과 천년설연실로 빚은 환약이 들어 있다. 칠음절맥을 치료하기 위해 반드시 필요한 약이지. 하지만 한 가지 영약이 더 있어야 한다."

"어떤 영약입니까?"

"음양선과다."

천하삼대성약 중 하나인 음양선과(陰陽仙果).

"음양선과를 구할 수 있다면 문약의 절증을 완치할 수 있음은 물론이고 네 몸도 빠르게 회복될 수 있다."

"음양선과는 어디서 구할 수 있습니까?"

"음양계(陰陽界)에 이르면 구할 수 있다."

도영은 황당한 표정이 되었다.

"음양계라면 이승과 저승의 경계가 아닙니까? 사람으로서 어떻게 그곳에 이를 수 있단 말입니까?"

"그래서 구하기가 어려운 법이다. 누구나 쉽게 구할 수 있다면 어찌 천고의 영약일 수 있겠느냐?"

"그래도 이것은 경우가 다르지 않습니까?"

도영이 따지듯이 반발하자 풍진성수는 떨떠름한 입맛을
다셨다.

"노부도 듣기만 했지 직접 가보지 않아 그곳이 진짜 이승
과 저승과 경계인지는 모르겠다. 하지만 쉽게 접근할 수 있는
곳이 아님은 확실하다."

풍진성수는 강문약에게로 시선을 돌렸다.

"저 녀석은 아둔해서 못 알아들을 테니 네게 일러주겠다."

그는 시를 노래하듯 읊조렸다.

음양계는 구중천 아래에 있으니
세상의 숲이 물속에 있고 물속의 세상은 멈춰졌구나.
하늘이 내린 물이 유계(幽界)에 이름이니
본디 하나가 둘로 나뉘었구나.

현기 어린 시문에 강문약은 난감한 표정을 지었다.

"노선님, 소녀가 아둔해 무엇을 의미하는지 모르겠습니
다."

"노부도 선사님을 통해 그렇게 들었을 뿐이니 노부에게 묻
지 마라."

풍진성수는 초옥을 돌아보고는 소매를 툭툭 털었다.

"이제 이곳에서도 떠날 때가 된 것 같구나. 사람이 모여들
면 때가 묻는 법이지."

강문약은 죄인의 심정이 되어 허리를 굽혔다.

"송구합니다. 공연히 소녀가 찾아와 노선님께 폐를 끼쳤습니다."

"너 때문이 아니니 자책할 것 없다. 어쨌거나 네가 찾아왔으니 이제 노부가 마음 편히 떠날 수 있는 것이 아니더냐?"

초옥으로 들어간 풍진성수는 몇 가지 약재와 도구만을 챙겨 다시 마당으로 나섰다.

"허엄, 이제 다시 만날 일도 없겠구나."

풍진성수는 휘적휘적 걸음을 옮겼다. 그의 모습은 이내 수림 속으로 사라졌다.

강문약은 풍진성수가 사라진 방향을 향해 정중히 절을 올렸다.

"노선님의 은혜에 감사드립니다."

도영은 몸을 제대로 가눌 수가 없는 처지라 마음으로 대신 인사를 전했다.

'노선님, 자신을 소중히 여길 줄 알아야 세상을 소중히 여길 줄 안다는 금언을 깊이 간직하겠습니다. 부디 강녕하십시오.'

두 개의 약병을 품속에 챙겨 넣은 강문약은 멀리 장강을 바라보며 골똘히 생각에 잠겼다.

음양계의 위치가 암시된 현기 어린 시문.

'구중천 아래에 있다. 물속에 잠긴 세상… 멈춰진 세월…….'

그녀가 비록 만학에 통달한 천재는 아니지만 한 번 본 것은 잊지 않는 비상한 기억력의 소유자였다. 그녀는 아홉이라는 숫자에 주안점을 두었다.

'구중천 아래… 구중천……'

어느새 날이 저물어 하늘에 초승달이 모습을 드러냈다.

강문약은 멀리 보이는 장강에 잠긴 초승달을 보다가 무엇을 알아냈는지 환한 표정을 지었다.

"아, 그곳을 말함이었어!"

그녀는 죽장을 짚은 채 마당을 걷고 있는 도영에게 다가섰다.

"알아냈습니다, 사형."

"역시 사매로군. 어디야?"

"이곳에서 아주 멀지 않습니다."

"다행이다. 마침내 사매의 절증을 치료할 수 있게 되었어."

"제 절증은 아무래도 상관없습니다. 음양선과를 구해 사형의 몸을 회복시키는 것이 더 중요합니다."

도영이 정색하며 그녀를 나무랐다.

"사매는 자신의 몸을 소중하게 여기라는 노선님의 금언을 듣지 못했어?"

"알겠습니다. 소녀를 위해서라도 음양선과를 구하겠어요. 이제 됐습니까?"

"좋아, 가자."

도영은 천천히 손을 뻗어 강문약의 손을 쥐었다. 부드럽고 따뜻한 손이기에 마음마저 편하게 해준다.

"부끄럽지만 사매의 신세를 져야겠군."

"비도에 적중되고도 건재하시니 조금도 부끄러워 마세요."

무유진기를 발출해 도영의 몸을 휘감은 강문약은 함께 둥실 떠올랐다.

음양계를 찾아서.

第五十九章

마지막 전설, 생사심천도

刀皇

1

둥— 둥—!

우렁찬 군고(軍鼓) 소리에 맞춰 일단의 무리가 동백림을 나서고 있었다.

천외마국의 마병들.

오행의 색깔처럼 오색으로 구분되는 오행마대가 출동 중이었다. 천외마국 창건 이래 이렇듯 대규모 출정은 처음이었다.

하나의 마대가 오백에서 칠백 정도이니 모두 삼천여 명에 달하는 어마어마한 군세였다.

용포를 걸쳐 입은 태사건은 여덟 명의 교자꾼이 둘러멘 화려한 황금 교자에 타고 있었다. 틀어 올린 머리에 관을 쓰고 용두 비녀를 꽂은 그의 모습은 군왕의 모습으로 손색이 없었다.

그의 별호는 천세마왕(千世魔王).

대를 이어 세상을 지배하겠다는 야망이 서린 호칭이었다.

태극마공은 황금 안장을 얹은 말을 타고 교자 옆을 따르고 있었다. 그는 거사의 일등공신을 인정받아 금포를 하사받았으며 천외마국의 제이인자가 되었다.

태사건은 교자 위에 비스듬히 기대앉아 느긋하게 섭선을 젓고 있었다. 그는 당당한 기세의 마병들을 쓸어보며 회심의 미소를 지었다.

'더 이상 신비를 가장할 이유가 없다. 마국 내에서만 군림하는 군왕이 아니라 진정한 무림의 제왕으로 천하를 지배할 것이다.'

그가 전격적으로 무림 정복에 나선 것은 단순히 자신의 야망을 성취하려는 의도 때문이 아니었다.

천마성왕의 갑작스런 죽음은 마국 전체에 상당한 파장을 일으켰고, 태사건의 등극은 적지 않은 반감을 불러일으켰다. 이를 감지한 태사건은 내부의 분란을 해소하기 위한 방편으로 무림 정복을 공포한 것이다.

오랜 세월 대부분을 마국 내에서 지내야 했던 마병들에게 무림 정복은 아주 활기 넘치는 출정이었다. 태사건의 예상대로 내부의 반감은 급속도로 약화되었고, 천마성왕의 죽음은 장례가 끝나자마자 잊혀졌다.

천외마국의 기치를 높이 쳐든 마병들은 마치 피에 굶주린 악귀처럼 무시무시한 눈빛을 발하며 진군을 서둘렀다.

오행마대 대부분이 출정한 천외마국은 조용했다. 그래도 화후의 거처인 금화전 주변은 백 명의 마병들에 의해 삼엄하게 봉쇄돼 있었다.

화후가 불상을 모신 법당에서 나오자 정향이 보고를 올렸다.

"전하… 아니, 무풍군이 잠시 전 출정에 나섰습니다."

화후는 말없이 고개를 끄덕이고는 창가로 걸음을 옮겼다.

'이제 천외마국의 운명이 두 가지로 갈리겠구나. 절대적인 마국이 되거나… 패망하거나.'

화후의 바람은 물론 천외마국의 와해였다.

화후는 월창을 통해 보이는 푸른 하늘을 올려 보았다.

'도영아, 네가 무사함을 이 어미는 믿는다. 태사건이 비록 너를 죽였다고 자신하지만 어미는 믿지 않아.'

그녀는 자신의 가슴에 손을 얹었다.

'내 심장이 이렇게 뛰고 있어. 그것은… 네가 아직 무사하다는 분명한 증거야.'

　사천성 북부의 장족 부락.

　아홉 개의 장족 부락이 모여 산다는 의미의 구채구(九寨溝)는 세상에서 가장 신비로운 물과 아름다운 절경을 감추고 있다.

　물감을 풀어놓은 듯 다양한 빛깔의 호수는 숲을 통째로 머금고 있어 별천지를 방불케 한다. 호수 속의 나무는 오랜 세월 옛 모습을 그대로 보존돼 있기에 이곳에서는 마치 세월이 멈춘 것 같은 착각에 빠지게 된다.

　풍진성수의 초옥을 떠나온 도영과 강문약이 이른 곳은 구채구에서 가장 넓은 호수였다. 크고 작은 물줄기가 호수로 흘러들고 있는데 그 빛깔이 조금씩 달랐다.

　도영은 난생처음 보는 신비로운 정경에 감탄을 금치 못했다.

　"세상에 이런 곳이 다 있었군."

　"소녀의 판단이 틀리지 않기를 바랍니다."

　"내가 시문에 대해서는 잘 모르지만 이곳의 정경이 노선님이 일러준 것과 일치하는 것 같아. 물속에 숲이 잠겨 있으면서도 생동감을 잃지 않았으니 세상이 멈췄다는 문구와 그대로야."

　도영은 호수로 들러드는 수많은 물줄기를 쓸어보았다.

"유계로 흘러드는 하늘의 물은 대체 뭐지?"

"유계는 어둠이니 검은색 물을 찾으면 될 것 같습니다."

강문약은 다양한 빛깔의 물줄기를 세심하게 살피다가 하나를 가리켰다.

"저것인 것 같아요."

도영은 강문약이 찾아낸 물줄기로 시선을 고정시켰다.

물 빛깔이 특별히 검지 않았지만 물줄기가 흘러내리는 비탈에 검은 이끼가 끼어서인지 왠지 물빛이 검게 보였다. 만일 그들이 풍진성수로부터 암시를 받지 못했다면 그 차이를 구분하지 못했을 것이다.

"뭔가 다르군. 그렇다면 저 물줄기를 따라가면 음양계에 이르겠군."

"어서 가시죠."

강문약은 도영의 손을 쥐며 무유진기를 발출했다.

도영은 그녀의 얼굴을 빤히 바라보다가 희미한 미소를 띠었다.

"절중이 해소되면 사매의 구안괘사도 사라져 본래의 모습을 되찾을 수 있겠어. 어떤 모습일지 기대가 된다."

"지금의 모습과 별반 다르지 않을 겁니다."

"그래도 더 이상 괴로워하는 모습은 아니겠지."

강문약은 씁쓸함을 곱씹었다.

"제 모습이 그렇게 흉했나요?"

"흉한 게 아니라 보는 사람을 가슴 아프게 만들었지. 뭐, 그게 사매의 매력일 수도 있어 여린 심정의 남궁현이 사매한테 반한 것일 수도 있어."

"남궁 소가주께서는 용모로 여인을 판단하실 분이 아니세요."

도영은 어이가 없는 듯 실소를 흘렸다.

"어째 어조가 이상해. 내가 마치 여인의 얼굴이나 따지는 속물처럼 들리는데?"

"그런 의미는 아닙니다. 하지만 사형 주변의 여인들 중에서 제가 가장 못난 것은 사실이지요."

"틀렸어. 사매는 누구보다 아름다워."

"……."

"이런, 우리가 왜 이런 얘기나 나누고 있는지 모르겠군."

"그래요. 한가하게 산수 유람을 나온 것도 아닌데 말입니다."

강문약은 부공술을 전개해 무성한 수림 사이를 가로질렀다. 워낙 깊은 골짜기라 장족들도 발을 들여놓지 못했는지 태고의 원시림이 고스란히 보존돼 있었다.

십 장 크기의 수목들은 울창한 나뭇가지를 펼치고 있어 대낮인데도 불구하고 빛이 스며들지 않을 정도였다.

이윽고 눈앞이 확 트이고 그들은 커다란 소 앞에 이르게 되었다. 소 앞에 내려선 두 사람은 입을 딱 벌린 채 놀라움을 금치 못했다.

"이럴 수가!"

"맙소사!"

가파른 절벽을 타고 흘러내린 폭포수가 소로 떨어지고 있었다. 기이한 것은 상당한 수량의 소로 흘러드는데도 물소리가 전혀 들리지 않는다는 데 있었다. 그러자 가장 진귀한 광경은 소의 색깔이었다.

소의 절반은 먹물을 뿌려놓은 듯 시커멓고 나머지 절반은 우윳빛으로 희었다.

하나의 소에 담긴 물이 이렇게 극명하게 구분된다는 것은 자연의 법칙에도 어긋난다. 상식적으로 도저히 설명할 수 없는 현상이 눈앞에 펼쳐져 있는 것이다.

강문약은 흥분에 겨워 외쳤다.

"아, 이곳이 바로 음양계인가 봅니다!"

"그래, 본디 하나가 둘로 나뉘어졌다. 마지막 문구와 정확히 맞아떨어지는군. 한데 음양선과는 보이지 않잖아?"

강문약은 몸을 굽혀 소의 물을 만져 보았다.

검은 빛깔의 물에 손을 담그자 얼음장처럼 차가운 기운에 심장이 얼어붙을 것만 같았다.

"아, 극음지기로군요."

물속에서 손을 빼낸 강문약은 이번에는 흰 빛깔의 물속으로 손을 넣어보았다.

부글부글……!

대번에 수면 위로 거품이 끓어올랐다.

"앗, 뜨거워!"

강문약은 질겁하며 물속에서 손을 뺐다. 아주 잠깐 담갔을 뿐인데도 화상을 입었는지 피부가 붉게 달아올랐다.

강문약은 이해할 수 없는 신비로운 현상에 혀를 내둘렀다.

"물 빛깔이 확연히 구분되는 것만으로도 진귀한 일인데 기운마저 상극을 이루는군요. 극음과 극양이 이렇듯 한데 조화를 이룰 수 있다는 것은 기적입니다."

도영은 검은 빛깔의 물속을 유심히 들여다보다가 미간을 찌푸렸다.

"사매가 한번 살펴봐. 물속에 해골이 가득한 것 같아."

"예에?"

강문약은 안력을 집중해 검은 빛 물속을 들여다보았다.

물빛이 검었지만 수면이 거울처럼 매끄러운 데다 지극히 맑았기에 물속의 정경이 점점 또렷하게 눈에 들어왔다.

무수한 해골.

크기로 미루어 어린아이의 해골로 짐작되었다.

강문약은 으스스한 두려움에 젖어 한 걸음 뒤로 물러섰다.

"해골이 맞습니다. 그것도 어린아이들의 해골이 분명합니다. 결국 전설이 사실이군요."

"무슨 전설?"

"전설에 의하면 귀심신의가 일천 동남동녀를 용로에 녹여 그 정혈로 생사심천도를 제작했다고 했습니다. 아마 이 해골들이 그때 죽은 동남동녀일 겁니다."

"그것이 언제의 얘기인데……?"

"이곳에서는 세상이 멈춘다고 했으니 수백 년이 더 흘러도 해골들은 그대로 남아 있을 겁니다."

강문약은 희고 검은 물빛으로 극명하게 구분돼 있는 소를 바라보았다.

"노선님께서는 심도의 행방에 대해 모른다고 하셨지만 결국은 우리에게 일러주셨군요."

"그럼 음양선과는 없는 거야?"

"행운이 따른다면 한꺼번에 발견할 수 있을 겁니다."

"그러기에는 보이는 게 물뿐인데……?"

강문약은 소로 흘러내리는 폭포수를 가리켰다.

"있다면 폭포 뒤가 맞습니다."

그녀는 도영과 함께 수면 위를 가로질렀다. 그녀가 손을 세워 내리긋자 폭포수가 좌우로 갈라지며 숨겨져 있는 동굴을 드러냈다.

두 사람이 동굴로 들어서자 갈라졌던 물줄기가 다시 하나로 합쳐졌다.

동굴은 아주 높아 천장까지 칠 장은 되어 보였다.

동굴 안쪽으로 작은 연못이 형성돼 있는데 바깥의 소처럼 희고 검은 빛깔로 분명하게 구분돼 있었다. 연못 한가운데 한 그루 나무가 자라 있는데 가운데를 중심으로 흰색과 검은색이 선명했다.

검은 쪽 기둥에서 뻗은 나뭇가지와 잎사귀, 꽃은 역시 검었고, 흰 쪽 기둥의 잎사귀와 꽃은 희었다.

그리고 하나의 열매가 매달려 있는 희고 검은 경계에 위치해 반은 희고 반은 검었다.

강문약이 감동에 젖어 몸을 떨었다.

"아, 음양선과입니다!"

천하삼대성약 중 가장 신비롭다는 음양선과.

도영은 마침내 강문약의 절증이 치료될 수 있다는 기대감에 부풀어 가슴이 뜨거워졌다.

"축하해, 사매. 이제 요절은 면했군."

강문약은 오히려 도영에게 축하를 보냈다.

"사형의 몸이 회복될 수 있으니 정말 다행입니다."

"이렇게 된 이상 심도를 한번 찾아볼까?"

"노선님께서 사람의 힘으로 다룰 수 없는 칼이라 하시지 않았습니까?"

"전설을 모두 믿을 수는 없잖아?"

도영은 조심조심 걸음을 옮겼다.

구채구에 이르는 동안 부상의 통증은 다소 완화되었지만 무공 회복은 아직도 요원한 상황이었다. 음양수(陰陽樹)가 십

어져 있는 연못을 따라 돌아서자 인공적으로 다듬어진 커다란 돌 침상이 보였다.

돌 침상 위로 하나의 해골이 놓여 있는데 빛나는 섬광체가 해골 가슴에 꽂혀 있었다.

섬광체는 눈이 부실 만큼 투명했다. 워낙 투명하다 보니 그것이 형상을 지닌 고체인지 아니면 해골 속에서 피어나는 섬광인지 구분하기가 어려울 정도였다.

돌 침상 위의 해골을 본 강문약이 나직이 탄식했다.

"아, 저분이 바로 귀심신의였나 보군요. 자신이 제작한 칼에 의해 죽었으니 넋은 아직도 구천을 떠돌고 있을 겁니다."

그러다 해골이 온전함을 확인하고는 고개를 끄덕였다.

"사형의 말대로 전설은 믿을 게 못 되는군요. 전설에 의하면 귀심신의가 심도에 꽂혀 산산조각이 났다고 했는데 해골 형상을 보니 사실이 아니군요."

"누가 그 광경을 보기나 했겠어? 심도에 의한 전설이 과장돼 귀신심의가 저주를 받은 것처럼 와전된 거겠지."

도영이 돌 침상으로 다가서려 하자 강문약이 만류했다.

"사형, 함부로 만지면 안 됩니다."

"설마 칼이 스스로 사람을 죽이겠어?"

"칼이 귀심신의의 가슴에 꽂혀 있습니다. 전설을 너무 무시하지 마세요."

"무시하지는 않아. 그렇다고 신봉하지도 않지."

강문약은 여전히 불길함에 젖어 비켜서지 않았다.

"서두를 것 없습니다. 조금 더 조사를 한 후 취해도 늦지 않아요."

"사매, 칼은 그저 칼일 뿐이야. 나는 전설의 칼을 모두 보았고 몸소 겪었어. 생사심천도 역시 그런 칼 중의 하나일 뿐이야."

"하면 음양선과를 복용해 무공부터 회복하세요."

"생사심천도가 정말 주인을 죽이는 칼이라면 내가 무공을 회복한다고 결과가 달라지겠어?"

도영의 고집과 의지를 익히 알기에 강문약은 결국 비켜설 수밖에 없었다.

"사형, 제발 조심하세요."

"그래, 내가 심도를 취할 수 있기나 기원해."

돌 침상에 가까이 다가선 도영은 해골로 변해 누워 있는 귀심신의를 향해 애도를 표했다.

"노선배님, 부디 통한을 잊고 하늘로 오르십시오. 제게 생사심천도를 하사해 주시면 세상을 구할 칼로 만들어 저주의 칼이라는 오명을 씻겠습니다."

도영은 마음속으로 기원을 올리고는 섬광체를 쥐었다. 순간 섬광체에서 강렬한 광휘가 폭사되었다.

번— 쩍!

섬광체는 허공 높이 치솟아올랐고, 그 충격으로 해골이 으스러지며 가루로 변했다. 천장까지 치솟은 섬광체는 잠시 주춤하다가 그대로 내리꽂혔다.

이를 본 강문약이 놀라 달려들었다.

"안 돼!"

그러나 섬광체는 빛살처럼 내리꽂히며 도영의 뇌정혈로 파고들었다. 순간 도영은 전신이 터질 것 같은 충격에 젖어 고통스런 비명을 토했다.

"으아악!"

섬광체는 뇌정혈을 통해 도영의 몸속 깊이 파고들었고, 그로 인해 도영의 전신에서 불꽃이 피어올랐다.

화르륵⋯⋯!

피부가 시뻘겋게 달아오른 도영은 심신이 소멸되는 충격을 이기지 못하고 혼절했다. 그가 꼿꼿하게 뒤로 쓰러지자 강문약이 달려들어 급히 부축해 안았다.

"사형! 사형, 정신 차리세요!"

강문약이 섬광체가 파고든 도영의 뇌정혈 부위를 살펴보았다. 놀랍게도 외상의 흔적은 전혀 보이지 않았다.

강문약은 혼란스런 와중에도 경이로움에 몸을 떨었다.

"아, 칼이 몸속으로 스며들다니⋯ 전설이 사실이었어!"

전설의 칼 생사심천도.

그것이 실제로 존재한다는 사실이 확인된 것이다. 그러나 그것을 지닌 자가 죽는다면 실체가 소멸되니 전설 또한 사라질 수밖에 없다.

강문약은 도영의 맥을 짚어보았다.

전혀 뛰지 않는다. 심장 또한 멈춘 상태다.

"오, 맙소사!"

강문약은 도영을 부둥켜안은 채 안타깝게 외쳤다.

"안 돼요, 사형! 제발 사셔야 합니다! 도백에게 화후를 모셔 간다고 했잖아요? 제발 깨어나세요!"

그녀의 볼을 타고 뜨거운 눈물이 봇물처럼 흘러내렸다.

도영은 여전히 미동도 하지 않았다. 한데 숨이 끊긴 상태에서도 체온은 식지 않았다. 아니, 여느 사람보다 더 뜨거웠다.

강문약은 상식적으로 이해할 수 없는 기현상에 한 가닥 희망을 품었다.

"사형은 죽지 않았어. 다만 충격이 너무 커서 잠시 심장이 멎었을 뿐이야."

그녀는 잠시 망설이다가 도영의 입술에 자신의 입술을 포갰다. 혀로 도영의 입을 벌린 그녀는 자신의 진원지기가 실린 숨결을 불어넣어 주었다.

잠밀문의 기학 중 하나인 회천구명대법(回天求命大法).

과다한 출혈이 없거나 몸이 절단나지 않았다면 진원지기를 주입시켜 생명을 되살리는 활생대법이었다.

강문약은 아낌없이 자신의 진원지기를 불어넣어 주었다. 자칫 자신의 진기가 고갈돼 폐인이 될 수 있지만 그녀는 자신의 안위는 조금도 우려하지 않았다.

그녀의 갸륵한 정성 덕분인가.

도영의 심장이 요동치더니 다시 뛰기 시작했다. 동시에 맥박이 뛰었고 입에서 긴 한숨이 토해졌다.

강문약은 비로소 안도하며 입술을 뗐다. 그녀는 도영의 뺨에 자신의 볼을 비비며 감격에 젖었다.

"고마워요, 사형. 살아줘서."

3

무림으로 출정한 천외마국의 오행마대는 두 부대로 나뉘어졌다. 태극마공은 삼 개 마대를 이끌고 패왕성 지부 공략에 나섰고, 태사건은 이 개 마대를 인솔해 녹황맹 본단으로 직접 쳐들어갔다.

녹황맹은 모든 무사를 총동원해 구절산 자락에 진영을 갖추었다.

천사궁 잔당들을 흡수한 녹황맹 본단의 무사들은 천 명을 넘어섰다. 단순히 머릿수로만 비교한다면 태사건이 지휘하는 천외마국 이 개 마대의 숫자와 비슷했다.

그러나 천외마국은 이백 년 이래 암암리에 군림해 온 신비와 공포의 존재이기에 녹황맹 무사들은 본능적인 두려움에 젖어 있었다.

이를 인식한 천웅이 녹황맹 무사들을 향해 외쳤다.

"두려워할 것은 아무것도 없다! 놈들 역시 피와 살로 이루어진 사람이지 악귀가 아니다! 놈들도 사람인 이상 죽는다! 죽일 수 있는 놈들이라면 무엇을 두려워하느냐?"

천웅은 천뢰파천도를 뽑아 들었다.

우우웅……!

칼이 칼집에서 모습을 드러내자 은은한 벼락 소리가 울려 퍼졌고, 절로 불꽃이 피어올랐다.

"우리에게는 천뢰파천도가 있다! 무엇이든 파괴할 수 있는 전설의 칼이다! 천외마국 악귀들은 이 천뢰파천도 아래 모조리 참살될 것이다!"

허공을 뛰어오른 천웅은 멀리 수림을 향해 천뢰파천도를 내려쳤다.

콰아앙!

엄청난 굉음이 터지며 수림 일각이 허물어졌다. 아름드리 거목이 뿌리째 뽑혔고 지표는 파헤쳐져 마치 화산이 폭발한 분화구를 방불케 했다.

녹황맹 무사들은 일제히 환호성을 올렸다.

"과연 전설의 칼이다!"

"천뢰파천도가 있는 이상 무적이다!"

천웅이 바닥으로 내려서자 녹황맹주인 독목천효가 한 번 더 무사들의 기세를 북돋아주었다.

"구천검제가 쓰러진 이상 천외마국과 맞설 세력은 본 맹뿐이다! 천외마국을 격파하면 놈들의 어마어마한 재보는 모두 우리 차지다!"

녹황맹은 녹림의 도적과 사파로 구성된 흑도 집단이다. 그들은 명예보다는 탐욕이 강했기에 전리품으로 막대한 재물이 주어진다는 말에 한껏 전의가 솟구쳤다.

이때 육중한 군고 소리가 수림 너머에서 들려왔다.

둥… 둥……!

이어 수림 일각이 무너지는 폭음이 들려왔다.

우지끈— 콰쾅!

천외마국 선발대가 본대의 진입을 위해 수림을 파괴해 길을 내는 중이었다. 잠시 후 수림이 열리면서 천외마국 마병들이 대오를 갖춰 들판으로 진군해 왔다.

청목마대와 백금마대.

이마에 희고 푸른 두건을 두른 마병들이 좌우로 포진해 섰다. 마병들의 몸에서 뿜어지는 음습한 마기 때문인지 하늘빛이 갑자기 어두워졌다.

이어 황금 교자가 두 개의 마대 사이로 들어섰다. 교자가 바닥으로 내려지자 천세마왕 태사건이 밖으로 나섰다.

금관을 쓰고 용포를 걸쳐 입은 태사건의 제왕 같은 신위에 녹황맹 무사들은 크게 위축되었다. 자신들이 감히 맞서서는 안 될 존재를 상대하고 있다는 자괴감에 빠져든 것이다.

태사건은 섭선을 펼쳐 여유있게 저었다.

"본좌가 친히 나섰는데 녹황맹주는 왜 영접을 나서지 않는 것이냐?"

이에 천웅이 앞으로 나서며 거칠게 응수했다.

"태사건! 세상을 속인 비열한 사기꾼 주제에 감히 맹주님을 친견하겠다는 것이냐?"

"넌 누구냐?"

"난 소맹주 천웅이다."

태사건은 천웅이 등에 메고 있는 천뢰파천도를 힐끗 보고는 섭선을 탁 접었다.

"오냐, 천웅. 네게 마지막 기회를 주겠다. 순순히 천뢰파천도를 바치고 투항한다면 네게 너를 녹황마상으로 봉하겠다. 녹황맹이 온전하게 보존될 수 있으니 본좌가 너희에게 베푸는 자비다."

"카하핫!"

한바탕 웃음을 터뜨린 천웅은 가소롭다는 듯 내뱉었다.

"이제 보니 천뢰파천도를 탐내는 쥐새끼 같은 놈이로구나! 네가 자비를 베풀겠다니 나도 한마디 하겠다! 당장 무릎 꿇고 굴복한다면 네놈을 내 호위로 삼아주겠다!"

태사건의 입가에 싸늘한 미소가 피어올랐다.

"네놈의 그 한마디로 이제 녹황맹은 몰살을 면치 못하게 되었다."

"몰살될 놈들은 바로 너희다!"

천뢰파천도를 뽑아 든 천웅은 백금마대를 향해 내려쳤다.

강력한 도기가 지표를 가르며 백금마대를 향해 폭풍처럼 날아들었다. 한데도 백금마대 마병들은 대오를 흩어뜨리지 않고 서로 창을 교차해 방어태세를 갖추었다.

콰— 콰쾅!

요란한 폭음이 터지며 백금마대 일각이 무너졌다. 삼십여 명의 사상자가 발생한 것이다. 하지만 마병들의 수습은 신속했다. 사상자들은 즉시 배후로 이송되었고 건장한 마병들이 그 자리를 채웠다.

이를 본 녹황맹 무사들은 오싹한 두려움에 젖었다.

천웅은 천뢰파천도의 위력으로 기세를 선점하려 했지만 마병들의 정연한 대응에 오히려 위축되고 말았다.

이에 독목천효가 천웅 옆으로 내려섰다.

태사건은 독목천효의 허리춤에 매어진 철륜을 보고 신분을 간파했다.

"당신이 녹황맹주로군?"

독목천효는 음침한 눈빛을 발하며 물었다.

"본 맹이 천외마국과 충돌한 적이 없는데 어찌 침공해 온 것이냐?"

"본 국의 방침은 철저한 몰살이지만 녹황맹만큼은 휘하로 거둬들이고 싶다. 무림을 정복해도 지배할 대상이 없으면 얼마나 허탈하겠는가?"

"우리 녹황맹은 굴복하지 않는다."

"알고 있다. 너희들은 명예를 모르는 자들이니 도주를 마다하지 않겠지."

태사건은 섭선으로 천웅을 가리켰다.

"너희가 믿는 것은 천뢰파천도뿐일 것이다. 내가 패도를 격파한다면 기꺼이 굴복하겠느냐?"

"단독 대결을 펼치겠다는 것이냐?"

"당연하지 않느냐? 본좌가 어찌 하수를 상대로 합공을 펼치려 하겠느냐?"

자신을 한껏 깔아뭉개는 오만한 언사에 천웅은 피가 부글부글 끓어올랐다.

"맹주님! 놈과의 대결에 기꺼이 응하겠습니다!"

독목천효는 빠르게 눈알을 굴렸다.

최상의 결과를 위해서는 그가 직접 천뢰파천도를 쥐고 태사건과 대결해야 하지만 태사건의 무공 수위를 가늠할 수 없기에 선뜻 나설 마음이 없었다.

'놈은 천뢰파천도에 집착하고 있다. 이렇듯 단독 대결을 제안한 것은 나름대로 천뢰파천도에 맞설 자신감이 있어서이겠지. 굳이 내가 모험할 필요없다.'

태사건이 지적한 대로 녹황맹은 명예를 추구하는 집단이 아니며 맹주인 독목천효 또한 마찬가지이다.

독목천효는 천웅의 어깨를 다독이며 대결을 허락했다.

"오냐, 본 맹의 운명은 네게 달려 있다. 네가 당대의 마왕을 격파한다면 천하는 본 맹이 지배할 수 있다."

"명심하겠습니다."

천웅은 태사건과 삼 장 거리를 두고 마주 섰다. 두 사람의 단독 대결이 결정되자 양측 진영은 뒤로 물러섰다.

스르릉……!

천뢰파천도를 뽑아 든 천웅은 혼신의 진기를 주입시켰다. 그가 아무리 천뢰파천도를 지녔다 해도 상대가 천외마국의 국주인 만큼 결코 승리를 장담할 수 없는 상황이었다.

진기가 주입된 천뢰파천도에서 요란한 우렛소리가 울려 퍼졌고, 번갯불이 줄기줄기 피어올랐다.

태사건은 허리춤에 찬 칼을 뽑아 들었다.

금색으로 빛나는 칼은 의장용(儀狀用)인지 칼날이 전혀 세워져 있지 않았다.

천웅은 상대의 의장용 병기에 피식 실소를 흘렸다.

"그따위 장난감으로 천뢰파천도를 상대하겠다는 것이냐?"

"후훗, 네가 무지해 이 칼을 알아보지 못하는구나. 이 칼은 천수귀장이 사대신도와 맞설 의도로 제작한 천강장도(天罡臟刀)라는 신병이다."

"내가 보기에는 실패작이로구나!"

"천강장도에 날이 세워져 있지 않은 것은 방어를 위한 병기이기 때문이다."

천웅은 경멸의 미소를 띠며 비아냥거렸다.

"크훗, 쥐새끼처럼 몸을 사리는 놈에게나 어울릴 병기로구나!"

"어리석은 놈. 병기가 모든 것을 지배하지 않는다. 사대신도가 전설이 된 것은 단지 병기가 강해서가 아니었다. 병기에 걸맞은 절기가 존재했기에 전설적인 병기로 찬사를 받을 수 있었던 것이다. 한데 네놈은 그저 병기에만 의존하는 것이 아니더냐?"

"병기 자체가 곧 절기다! 천뢰파천도에는 달리 절기가 필요없다!"

태사건은 천강장도를 가볍게 흔들었다.

"훗, 그것을 깨닫게 해주마. 그래도 네놈은 행운아다. 지상 최강의 절기에 의해 죽게 될 테니 말이다. 너처럼 버러지 같은 놈이 견식하기에는 지나친 광영이지."

"닥쳐!"

천웅은 지독한 모욕을 참지 못하고 선제공격을 펼쳤다.

천뢰파천도가 번득이자 우렛소리가 작렬했고, 허공으로 치솟은 번갯불이 추락하는 유성우처럼 태사건을 향해 내리꽂혔다. 과연 모든 것을 파괴한다는 천뢰파천도다운 위력이었다.

천강장도에 자청강기를 주입시킨 태사건은 최강의 파멸

초식에 집중했다.

전무후무한 파멸 절기 마극파천황.

"차앗!"

태사건이 마극파천황을 전개하자 천웅은 눈앞에서 펼쳐지는 괴변에 입을 딱 벌렸다.

'이… 이건 뭐야?'

세상의 빛이 모두 소멸된 가운데 수백, 수천의 칼날이 쏟아져 내렸다. 상상도 할 수 없는 어마어마한 공세에 천뢰파천도의 폭풍 같은 기세가 급속도로 위축되었다.

파멸절기와 천뢰파천도의 격돌.

섬광과 뇌성이 교차하는 가운데 하늘과 땅이 뒤집힐 굉음이 울려 퍼졌다.

콰— 콰쾅!

소용돌이 폭풍이 사위를 휩쓸며 확산되었고, 칼날의 파편이 수십 장 밖까지 뻗어나갔다. 그 바람에 삼십 장 밖까지 물러서 있던 양측의 진영에서 수십 명의 사상자가 발생했다.

격돌의 현장은 일 장 깊이로 푹 꺼졌고 주변으로 불꽃이 피어올랐다. 마치 수만 근의 폭약이 터진 듯 참혹했다.

이윽고 자욱한 흙먼지가 가라앉으면서 현장이 드러났다.

태사건의 용포가 심하게 찢겨져 있었다. 금관이 파손되면서 머리카락이 흘러내려 나부꼈고 손에 쥔 천강장도는 손잡이만 남긴 채 박살 난 상태였다.

태사건의 이런 몰골을 본 녹황맹 무사들이 환호했다.

"와아아!"

"소맹주의 승리다!"

한데 천웅의 모습은 어디에도 보이지 않았다. 파헤쳐진 주변으로 속에 갈기갈기 찢겨진 옷자락과 핏자국만 널브러져 있었다.

바닥에 천뢰파천도가 꽂혀 있는데 손잡이를 쥔 손목만 온전했다. 녹황맹 무사들은 비로소 천웅이 철저하게 분쇄되었음을 깨닫게 되었다.

참으로 비참한 최후.

전설의 칼을 지니고도 폭우처럼 쏟아지는 칼날의 공세를 막아내지 못했으니 마극파천황은 얼마나 어마어마한 파멸 절기인가.

태사건은 섭물진기로 천뢰파천도를 끌어들였다. 천웅의 손목을 떨쳐낸 그는 천뢰파천도를 불끈 쥐었다.

"녹황맹주! 이제 굴복하겠느냐?"

독목천효는 독기 어린 안광을 폭사하다가 앞서 몸을 날렸다.

"퇴각하라!"

천웅의 분시로 가뜩이나 사기가 저하된 녹황맹 무사들은 맹주마저 도주하자 전의를 상실했다. 그들은 병기마저 내던진 채 각자 살길을 찾아 달아났다.

태사건은 도주하는 녹황맹 무사들을 향해 천뢰파천도를 가볍게 그었다.

쾨아앙!

지반이 폭발하며 무려 일백여 명이 대번에 분사했다. 천웅이 펼쳤을 때보다 몇 배는 강력한 위력이었다.

천뢰파천도의 위력에 크게 만족한 태사건은 득의의 광소를 터뜨렸다.

"하하핫! 이로써 마극파천황을 완벽하게 펼칠 수 있다!"

그는 마병들을 향해 돌아서며 손을 쳐들었다.

"죽여라! 모조리!"

청목마상과 백금마상은 휘하 마병들을 이끌고 추격에 나섰다. 싸움이 아니라 일방적인 학살.

녹황맹은 너무도 무기력했다. 천사궁을 무너뜨리고 잠시 사패의 일원이 되기도 했지만 천외마국의 가공할 마력 앞에서는 그저 오합지졸에 불과했던 것이다.

4

모든 것이 꿈처럼 여겨졌다.

섬광체가 뇌정혈을 통해 파고들면서 전신이 재로 변하는 듯한 극심한 고통과 충격에 정신을 잃었다. 하지만 모든 의식이 사라진 것은 아니었다.

심장이 멎었지만 호흡이 가쁘지 않았다. 마치 시간이 정지된 것 같았다. 자신을 보며 강문약이 울고 있었다. 흐느낌이 들리지 않았고 눈물도 느껴지지 않았지만 울고 있는 것은 확실했다.

그리고 강문약의 입술이 자신의 입술 위에 포개졌다.

그녀의 숨결을 통해 뜨거운 진기가 스며들면서 갑자기 심장이 요동쳤다. 심장이 뛰기 시작하면서 호흡이 가능했고 세상의 소리가 귀를 통해 들려왔다.

정지된 시간 속에서 깨어난 것이다.

그렇게 혼몽 속에 빠진 도영이 돌 침상 위에서 스르르 눈을 떴다. 여인의 감동에 찬 음성이 들려왔다.

"사형! 이제 정신이 좀 드세요?"

도영은 눈을 끔뻑거리며 여인을 올려보았다.

단아한 용모의 여인이 그를 바라보고 있었다. 눈이 별빛처럼 맑았고 콧날은 오똑했으며 입술은 기름을 바른 듯 윤기가 흘렀고 피부는 백옥처럼 깨끗했다.

분명 낯이 익은 모습이었지만 자신이 알고 있는 여인과는 모습이 달랐다.

"누구……?"

도영은 의아한 표정을 짓다가 눈을 상큼 치켜떴다.

"문약 사매……?"

그러했다. 모습이 바뀌기는 했지만 여인은 분명 강문약이었다. 눈자위가 한쪽으로 쏠리고 입술이 비틀어진 구안괘사가 제자리를 잡았고, 안쓰러울 만큼 푸른 기운이 감돌던 얼굴에도 화기가 피어올라 있었다.

강문약은 스스로 놀라워하며 자신의 얼굴을 매만졌다.

"제 모습이 바뀌었나요?"

"그래, 사매의 절증이 치료되었나 보군."

몸을 일으켜 앉은 도영은 강문약을 가까이 들여다보았다.

황은령만큼 절색의 미모는 아니었지만 지혜와 온화함이 느껴지는 용모는 남다른 기품을 지니고 있었다.

도영은 강문약의 모습에서 유사한 분위기를 지닌 한 여인을 떠올릴 수 있었다.

천외마국의 국모인 화후.

강문약은 그의 눈길을 피해 소매로 얼굴을 가렸다.

"더 추하게 변하지는 않았는지 모르겠군요."

"아니, 내가 예상한 것보다 훨씬 아름답고 우아해."

도영은 연못 쪽으로 시선을 돌렸다. 흑백으로 선명한 음양수가 보이지 않았다.

"어떻게 된 거야?"

"제가 음양선과를 따는 순간 나무가 갑자기 연못 속으로 잠겨 사라져 버렸어요. 물 색깔도 바뀌었지요."

"그래?"

돌 침상에서 내려선 도영은 연못가로 다가섰다.

흑과 백으로 극명하게 구분되었던 연못이 아니다. 물 색깔은 흑백이 혼합된 회색으로 바뀌어 있었다.

"신기한 일이로군. 음양계가 사라진 것일까?"

옆으로 선 강문약이 숙연한 표정으로 말을 받았다.

"음양계는 하늘과 땅이 빚어낸 신비로운 자연이었는데 마치 죄를 지은 심정입니다."

"약이라는 것이 누군가에게 도움이 되었다면 그 역할을 다한 것이겠지."

도영은 비로소 자신이 자유스럽게 몸을 움직이고 있다는 사실을 깨닫게 되었다. 왼쪽 어깨가 조금 부자연스럽기는 했지만 팔을 돌려도 고통스럽지 않았다. 무엇보다 폐부와 옆구리의 극심한 통증이 사라졌기에 날아갈 것만 같았다.

"와아, 내 몸이 회복되었어. 어떻게 된 거야?"

"음양선과를 복용시켜 드렸는데 그 덕분인 것 같습니다."

"뭐야? 나한테 음양선과를 먹여주었다고?"

"저도 절반을 복용했습니다. 아무리 좋은 성약이라도 과도하게 복용하면 오히려 부작용을 일으킵니다. 절반의 음양선과만으로 충분합니다."

"그 때문에 사매의 절증이 완전하게 치료되지 않을 수도 있어."

도영은 경락을 타고 흐르는 충만한 기운에 진기를 순환시켜 보았다.

믿을 수 없게도 임독양맥까지 타통돼 진기의 흐름이 사지 백해로 흘러들었다. 몸이 깃털처럼 가벼워져 진기를 순환시키는 것만으로 저절로 떠올랐다.

"음양선과의 효력이 이 정도일 줄이야!"

도영이 감탄하자 강문약이 차분한 어조로 설명해 주었다.

"사형 체내에 깃든 신비로운 기운은 음양선과 때문이 아닙니다. 아마도 귀심신의의 유해에 꽂혀 있던 섬광체가 스며들면서 사형의 공력으로 변환된 것 같습니다."

"그게 가능해?"

"상황을 유추해 보면 귀심신의가 절대적인 심도를 만들었다는 전설은 와전된 게 분명합니다. 귀심신의는 심도가 아니라 일천 동남동녀의 순수한 정기를 응집해 불로장생을 꾀했을 가능성이 더 큽니다. 하지만 어떤 부작용 때문인지 귀심신의는 정기를 흡수하지 못한 채 죽었고, 여태껏 남아 있었던 겁니다."

"그러니까 내가 그 순수한 정기를 흡수했다고?"

"그 외에는 달리 이해가 되지 않습니다. 만일 진짜 칼이 사형의 몸으로 파고들었다면 과연 온전할 수 있었겠어요?"

"그렇기는 해."

도영은 가볍게 손을 쥐었다.

츄리릭······!

손아귀를 통해 일곱 자 길이의 기도(氣刀)가 솟아올랐다.

진기로써 칼을 만들어내는 초극의 경지.

도영은 자신이 형성해 낸 기도를 바라보며 숙연함에 젖었다.

"사람들은 그동안 너무 허황된 전설만 좇았던 것 같아. 심도는 모든 사람이 마음에 지니고 있는 무형의 칼이었는데 말이야. 다만 누가 그것을 펼쳐 낼 수 있느냐가 관건이지."

강문약은 감동 어린 눈빛으로 그를 바라보았다.

"하늘이 내린 기연입니다. 이제 사형은 세상의 악을 벨 칼을 다시 지니게 되신 겁니다."

도영은 강문약의 손을 쥐고 가까이 끌어들였다.

"한데 말이야, 내가 섬광체에 적중돼 숨이 멎었을 때… 사매가 입을 맞추어서 진원지기를 불어넣어 주지 않았어? 정신이 오락가락해서 확실치가 않아서 말이야."

강문약은 얼굴을 붉히며 그의 시선을 외면했다.

"그… 그런 일 없었습니다."

"하면 꿈인가?"

도영은 짐짓 고개를 갸웃거리며 마음속으로 즐거운 웃음을 터뜨렸다.

강문약은 어색한 분위기를 모면하기 위해 화제를 바꾸었다.

"이럴 때가 아닙니다. 태사건이 또 무슨 만행을 저지를지 모릅니다."

"그래, 어서 나가자."

두 사람은 폭포수를 뚫고 밖으로 나섰다.

소의 빛깔도 바뀌어 있었다. 흑백으로 극명하게 나뉘었던 소가 회색빛 하나로 변해 버린 것이다.

강문약이 소를 내려다보며 나직이 뇌까렸다.

"자연의 조화는 정말 오묘하군요."

"아마 때가 되면 다시 음양계가 형성될 거야. 그게 언제쯤인지 모르겠지만."

도영은 강문약의 손을 이끌고 허공으로 솟구쳐 올랐다.

이곳까지 올 때는 강문약을 도움을 받았지만 이제는 그가 이끌어줄 차례였다. 서로를 바라보는 두 사람의 눈에서 묘한 온기가 피어올랐다.

第六十章
전설은 지고 사람만 남는다

刀
皇
¹

연이은 비보로 인해 금검성의 분위기는 침중했다.

녹황맹의 소맹주 천웅의 분시와 독목천효의 도주는 천외마국의 본격적인 무림 침공을 확인하는 첫 번째 사건이었다.

녹황맹은 천사궁의 잔당을 흡수한 흑도 집단이기에 녹황맹의 와해는 사실 큰 충격이 아니었다. 그저 천외마국과 맞서 싸울 동조 세력 하나가 사라졌다는 아쉬움 정도로 취급되었다.

그러나 패왕성주의 참살과 패왕성의 와해는 천하를 진동시킬 대사건이었다.

구천검제가 불의의 피습으로 쓰러졌기에 향후 백도연맹의

총수는 패왕성주로 내정돼 있었기에 그 타격은 엄청났다.

패왕성주의 죽음과 함께 패왕성 본단이 파괴되면서 천외마국은 강남을 온전하게 지배하게 되었다. 무림세가들은 다투듯 천외마국 앞에 굴복했고, 흑도 문파들은 자청해서 천외마국 출정의 길잡이가 되었다.

무림 문파의 삼 할이 운집돼 있는 사천성 무림계는 침묵을 지킨 채 천외마국이 사천성으로 넘어오지 않기만을 바라고 있었다.

패왕성을 지원했던 백병궁은 전력의 열세를 통감해 금검성으로 퇴각했다.

이제 금검성이 천외마국과 맞설 마지막 보루가 되었다.

금검성마저 무너지면 무당과 소림, 화산, 개방 등 전통의 문파들이 차례로 와해될 것이기에 세상의 광명은 사라지고 만다.

금검성 성벽 밖으로 수백 개의 막사가 세워져 있었다.

이들 막사는 패왕성 잔여 세력과 백병궁에서 퇴각한 무사들을 위한 임시 거처였다. 이 외에도 소림과 개방을 위시한 무당과 화산 등에서 파견한 정예들이 속속 금검성으로 집결 중에 있었다.

운집된 백도연맹은 삼천여 명을 넘어섰다. 적어도 머릿수에서는 천외마국을 앞서 수적 열세의 두려움을 떨쳐 낼 수 있었다.

금검성 대의사청에는 각 문파의 수뇌 수십 명이 빼곡하게 들어앉아 있었다.

백도연맹을 이끌 임시 맹주로는 백병궁주 군기청(君機淸)이 추대되었다.

수십 년 동안 무림을 호령했던 쌍성삼궁의 총수 중에서 건재한 사람은 군기청뿐이기에 누구도 이의를 제기하지 않았다. 부맹주에는 금검성의 소성주인 설무형이 추대되었다.

군기청은 상좌에 앉아 회의를 주재했지만 중임을 책임져야 하기에 광영이 아니라 고통스런 자리였다.

"천외마국의 대대적인 침공은 이백 년 이래 가장 커다란 위협이오. 이미 녹황맹과 패왕성이 와해되었고 부끄럽게도 본인 역시 백병궁 본단을 떠나게 되었소. 저들 포악한 무리는 장강을 넘어 계속 북상하고 있소. 저들이 진군을 멈추지 않는다면 이틀 내로 이곳 금검성에 이르게 될 것이오."

모두들 알고 있는 사실이지만 군기청이 공개적으로 언급하자 좌중의 수뇌들은 산악에 눌린 듯 압박감에 젖었다.

"본인과 각파의 정예들이 이곳 금검성에 집결한 이유는 오직 하나요. 더 이상 물러날 수 없기에 천외마국과 건곤일척의 승부를 겨루기 위함이오. 요행히 천외마국을 격파한다면 위대한 승리가 되겠지만… 불행히도 패배한다면 명예로운 옥쇄(玉碎)로 이름을 남기게 될 것이오."

군기청의 연설은 계속되었다.

"천외마국의 마력은 강력하지만 가장 두려운 상대는 천세마왕이오. 천세마왕이 구사하는 파멸 절기의 위력은 상상을 불허하오. 그런 마왕이 천뢰파천도까지 수중에 넣으면서 누구도 감당할 수 없는 무적의 마력을 지니게 되었소. 패왕성주의 죽음을 지켜본 본인으로서는… 부끄럽게도 두려움에 젖고 말았소."

이에 설무형이 얼른 말을 이었다.

"맹주님, 두려움은 본능이니 부끄러워해야 할 감정이 아닙니다. 지금 중요한 것은 어떻게 태사건의 파멸 절기를 막아내느냐에 있습니다."

대책을 거론했지만 모두들 서로를 바라볼 뿐 입을 열지 못했다. 하기는 묘안이 있을 수가 없었다.

천뢰파천도는 그 자체만으로 산악을 무너뜨릴 병기인데 파멸 절기까지 결합되었으니 절대적이라 할 수 있었다. 구천검제가 온전한 상태라 해도 감당하지 못할 것이라는 생각이 지배적이니 과연 어떻게 맞설 수 있겠는가.

모두가 침묵을 지키자 군기청이 결연하게 말했다.

"지금으로서는 최선을 다해 싸우는 방법밖에 없소. 천외마국 마병들을 격파해 천세마왕을 고립시킨 후 마왕이 탈진할 때까지 공격하는 것이 유일한 해법이오."

좌중의 분위기가 더 무겁게 흐르자 설한지가 탁자를 치며 일어섰다.

"죽음을 두려워한다면 어떻게 끔찍한 악도들과 싸울 수 있겠어요? 모두들 가족과 친지들에게 유서를 보내세요! 그런 후에야 악도들과 싸울 수 있습니다!"

설한지가 물꼬를 트자 여기저기서 열협들의 의기에 찬 목소리가 들려왔다.

"명예로운 죽음을 어찌 두려워하겠소?"

"내 한 몸 던져 사문을 구하고 무림 정기를 보존할 수 있다면 기꺼이 죽겠소!"

"천세마왕도 인간이오! 인간이라면 죽일 수 있소!"

뾰족한 묘책을 찾지는 못했지만 백도연합 군웅들의 의기가 확인되었으니 의미있는 회합이었다.

수뇌들은 무리를 지어 회의장을 빠져나갔다.

남궁현은 설한지와 나란히 복도로 나서면서 찬사를 보냈다.

"역시 설 소저는 여장부요. 덕분에 모두가 전의를 추스를 수 있었소."

"이 자리에서는 전의도 의기도 필요없어. 천외마국 놈들과 싸울 때 등을 보이지 않는 게 중요해."

설한지는 옆으로 따라붙은 엽인걸을 돌아보았다.

"아직까지 도영에 관한 소식이 없어?"

"응, 정말이지 희한할 정도야. 이렇듯 감쪽같이 행적을 감추기도 드물거든."

"설마… 아니야. 그랬다면 문약이 무슨 소식이라도 보냈겠지."

설한지가 초조해하는 표정을 본 엽인걸이 입맛을 다시며 실없는 농담을 지껄였다.

"내 생각에는 도 형이 강 낭자와 함께 밀혼(密婚) 여행을 떠난 것이 아닌가 싶군."

곧바로 설한지의 분노가 날아들었다.

"이 새끼, 이런 상황에서 그것을 지금 말이라고 해!"

"그럼 어떻게 해? 죽을 때까지 인상만 쓰고 살 수는 없잖아?"

"오냐, 네가 죽을 때도 헤헤거릴 수 있나 보겠다."

설한지는 매섭게 쏘아붙이고는 앞서 의사청을 나갔다.

엽인걸은 머리를 긁적이다가 남궁현에게 넌지시 물었다.

"형, 잠밀문 제자들이 설마 도주한 것은 아니겠지?"

남궁현은 불길한 기운으로 물들어가는 서천을 바라보았다.

"천외마국의 위협 속에서 천하가 이백 년 동안 지켜질 수 있었던 것은 잠밀문 덕분이었다. 세상 사람들은 그것을 모르지. 지금 우리가 기대할 수 있는 것은 잠밀문의 지원뿐이다."

2

둥… 둥……!

마왕이 강림하는 듯한 거대한 군고 소리와 함께 천외마국 마병들이 오색 물결을 이루며 금검성 앞으로 진군하고 있었다.

마병들은 잘 훈련된 병사들처럼 대오를 이루어 넓은 공지 위에 도열했다. 그들은 녹황맹과 패왕성을 비롯한 강남의 문파를 격파하고 진군했음에도 별다른 피해를 당하지 않았다.

천외마국을 나설 때 삼천여 명 정도였는데 지금도 이천오백 명을 넘으니 마병들의 피해는 이 할도 채 되지 않은 셈이다.

황금 교자에 앉아 있는 태사건의 위세는 이미 세상을 지배한 군왕처럼 당당했다.

그가 교자에서 내려서자 태극마왕과 천뢰파천도를 받쳐 안은 친위마장이 좌우로 섰고 뒤로 오대마상이 늘어섰다.

백도연맹 측에서는 군기청과 설무형을 비롯한 수뇌급들이 앞으로 나섰다.

태사건은 백도연맹의 수뇌부를 쓸어보고는 오만한 미소를 머금었다.

"과거의 친분을 생각해 마지막 기회를 주겠다. 수뇌부들은 모두 자결해라. 그러면 졸개들은 살려주겠다."

군기청은 감정을 자제한 채 차분하게 응수했다.

"유감이구나, 태사건. 우리는 그런 자비를 베풀 수가 없다. 세상을 피로 물들인 너희 사악한 마도 집단의 궤멸이 여기 모인 모든 군웅의 바람이다."

"후훗, 죽기를 소원한다니 들어줄 수밖에."

태사건은 태극마공에게 턱짓을 보냈다.

"모조리 죽이시오."

"예, 전하."

태극마공은 오대마상을 돌아보았다.

"공격하라!"

자신이 관장하는 부대로 내려선 오대마상은 일제히 공격에 나섰다.

둥… 둥……!

군고 소리가 울려 퍼지는 가운데 마병들은 소규모 부대별로 분리돼 달려들었다.

군기청은 창을 높이 치켜 올렸다.

"물러서지 마라! 그대들의 죽음으로 세상이 밝아질 것이다!"

금검성 무사들을 비롯한 백도연맹의 군웅은 결연한 의지로 두려움을 극복했다. 지금이 천외마국와 맞서 싸울 수 있는 마지막 순간이기에 기꺼이 죽음을 택했다.

"악도들을 섬멸하라!"

"무림 정기를 사수하자!"

삼천여 군웅은 우렁찬 함성을 발하며 노도처럼 달려들었다.

도합 오천여 명이 넘는 마정의 격돌.

이는 무림사 이래 처음 있는 전투였으며 이후에도 다시는 벌어지지 않을 것이다.

차차창!

양측이 충돌하는 순간부터 사상자가 속출했다.

대규모 혼전이 전개되면서부터 피아의 구분이 사라졌다. 모두가 살인귀가 되었기에 주변에서 어른거리는 존재는 죽여야 할 대상이었다. 그러다 보니 동문과 친구를 죽이는 비극마저 속출했다.

퍼— 퍼펑!

가장 격렬한 접전은 태극마공과 군기청의 격돌이었다. 무공 수위로만 논한다면 태극마공이 다소 우위였지만, 군기청의 죽음을 불사한 투혼 덕분에 그나마 막상막하의 싸움이 전개되고 있었다.

태사건은 비명이 난무하는 혈전을 느긋하게 감상하고 있었다.

그에게 있어 천외마국 마병들은 그저 소모품에 불과했기에 몇 명이 쓰러지든 관심 밖이었다. 설사 전세가 불리하다고 해도 전혀 우려할 일이 아니었다.

그 혼자의 힘으로 전세를 역전시킬 자신이 있기에 눈앞에 펼쳐지고 있는 시산혈해의 참극은 그저 무료함을 달래줄 구경거리에 불과했다.

이때 다섯 명의 청춘 남녀가 태사건을 경호하던 친위대를 돌파해 안으로 들어섰다.

설한지와 남궁현, 백병궁의 군위명, 패왕성의 용무강, 그리고 개방의 엽인걸이었다.

당대에서 가장 명망 높은 후기지수들.

이들은 또한 수년 동안 태사건과 호형호제로 지내온 지기들이기도 했다.

"간악한 놈!"

태사건을 친형처럼 여겼던 군위명이 분노에 젖어 창을 내질렀다.

태사건은 간단히 섭선을 휘둘러 창을 막아냈다.

"위명 아우, 네 어찌 내게 창을 들이대는 것이냐?"

"닥쳐라, 가증스런 놈! 너의 사악함을 미처 알아보지 못한 내 눈을 뽑고 싶은 심정이다!"

태사건은 다섯 명의 영재들을 쓸어보고는 담담한 웃음을 터뜨렸다.

"하하, 이제 보니 모두 내 친구이며 아우들이로구나. 너희들에게만큼은 자비를 베풀고 싶다. 누가 본좌의 충성스런 측근이 되어 부귀와 영화를 함께 누리겠느냐?"

엽인걸이 특유의 독설을 내뱉었다.

"헤헷, 뭐 함께 누려야 할 게 있어야지? 아마 네 배를 갈라 내장을 도려내도 들짐승들조차 마다할 것이다. 워낙 구역질이 나서 말이야."

"하하, 엽인걸. 네 혓바닥은 여전하구나. 하기는 비렁뱅이들이 제대로 된 음식을 먹어봤어야 혓바닥을 제대로 놀리지."

태사건은 섭선을 휘둘러 주변의 공격을 차단하고는 자청강기를 발출했다. 폭풍 같은 광천마권이 섬광처럼 뻗어나가며 엽인걸을 강타했다.

"크윽!"

엽인걸은 붉은 피를 토하며 오 장 밖으로 나가동그라졌다. 즉사는 모면했지만 운신조차 힘든 심각한 부상이었다.

설한지가 날카로운 기합을 외치며 둔광검을 후려쳤다.

"제발 죽어라, 마귀야!"

남궁현과 군위명, 용무강이 동시에 설한지를 지원했다. 당대 최강의 영재답게 그들의 합공은 산악이라도 허물 만큼 강력했다.

하지만 상대는 예전의 태사건 아니라 천외마국의 국주인 천세마왕이었다.

태사건은 천외마국의 마공 절기를 마음껏 펼쳐 낼 수 있기에 영재들의 합공을 어렵지 않게 막아냈다. 물론 마음만 먹으면 네 사람을 단숨에 참살할 수도 있지만 자신의 지고한 무공을 인식시켜 주기 위해 마치 놀이를 하듯 대결을 즐겼다.

"하하, 손방이 비었구나, 설지! 이런, 위명 아우의 창술은 너무 단조로워."

네 명의 영재는 차원이 다른 태사건의 무공을 절감했지만 결코 주눅 들지 않았다. 태사건에게 부상을 입힐 수 있다면 기쁘게 죽을 그들이었던 것이다.

양측의 전투는 필설로 형용할 수 없을 만큼 처절했다.

천외마국 마병들의 공세는 강력했지만 이에 맞서는 군웅 또한 물러서지 않았다.

워낙 격렬한 전투이다 보니 이미 천 구도 넘는 시체가 바닥에 널브러졌고 부상자는 더 많았다. 하지만 조금이라도 운신할 수 있는 자들은 마지막까지 병기를 휘둘렀다.

전투는 더욱 결렬해졌다.

죽음을 불사한 군웅의 투혼이 드높았지만 결국 승패는 전력에 의해 갈리게 된다.

천외마국 마병들은 조금씩 전진하기 시작했고, 군웅은 자신들도 모르게 뒤로 밀리게 되었다.

대등한 전력은 한번 기울기 시작하면 걷잡을 수 없다. 주변의 동료들이 무참하게 분시를 당하자 군웅들은 점차 두려움을 느끼게 되었다. 그것은 의지로도 극복할 수 없는 본능적인 공포였다.

차차창—!

백금마상은 장창을 휘두르며 군웅들 사이로 파고들었다. 창의 길이가 일 장도 넘는 장병기이다 보니 한 번 휘두를 때마다 군웅이 십수 명씩 나가동그라졌다.

창을 등 뒤로 돌린 백금마상은 득의의 웃음을 흘렸다.

"크흣, 역시 백도 나부랭이들은 허약해. 좀 더 강한 놈은 없느냐?"

한데 이때였다.

백금마대의 측면이 급속도로 허물어졌다. 호신갑이며 병기가 무용지물이었다. 파공성도 섬광도 보이지 않은 가운데 마병들이 연이어 분시를 당했다.

혼전장으로 뛰어든 사람은 방갓을 깊숙이 눌러쓴 여인이었다. 방갓 아래로 머리카락까지 길게 늘어져 있어 용모를 분간하기가 쉽지 않았다.

퍼퍼퍽!

파공성도 들리지 않고 광휘조차 발하지 않은 쾌도에 의해 무려 일백여 명의 동료들이 쓰러지고서야 백금마대 마병들이 쾌도를 알아보았다.

"무형쾌다!"

모든 것을 벤다는 전설의 쾌도 무형쾌.

단신으로 백금마대를 격파한 여인이 백금마상과 마주 섰다. 백금마상은 바싹 긴장한 모습으로 방갓을 쓴 여인을 직시했다.

무형쾌와 여인을 번갈아보는 그의 눈빛이 두려움에 흔들렸다.

"너는… 혈훼궁의 계집?"

여인이 슬쩍 방갓을 치켜 올렸다. 얼굴 한쪽은 길게 늘어뜨린 머리카락에 의해 가려졌지만 드러난 반쪽의 얼굴은 세상에 드문 절색이었다.

바로 혈훼궁의 소궁주 황은령이었다.

풍진성수의 초옥을 떠난 이후 복수의 칼을 갈아온 그녀가 무림대전의 소식을 듣고 달려온 것이다.

황은령은 혈훼궁이 참화를 당할 당시 마병들을 지휘한 백금마상을 분명하게 기억하고 있기에 가장 먼저 백금마상과 맞서게 되었다.

황은령은 싸늘한 눈빛으로 백금마상을 쏘아보았다.

"억울해할 것 없다. 다른 놈들도 모두 죽을 테니까."

그녀는 순간적으로 다가서며 무형쾌를 휘둘렀다.

백금마상은 무형쾌의 위력을 익히 알고 있기에 급히 뒤로 물러섰다. 그러나 무형쾌의 살상 반경은 오 장에 달했다. 창을 동강낸 무형쾌는 사신의 낫처럼 그의 목을 날려 버렸다.

퍼억!

수급이 튀어 오른 백금마상의 육신이 핏물 속으로 잠겼다.

오대마상 중 하나인 백금마상의 참살.

황은령의 등장으로 백금마대의 측면이 무너지면서 호호탕

탕 진격하던 천외마국이 상당한 타격을 입었다. 부딪치는 모든 것을 베어버리는 무형쾌의 위력은 백금마대 마병들에게 있어서도 공포였다.

한편 네 명의 영재를 상대로 대결을 즐기고 있던 태사건은 백금마대 진영이 붕괴되자 흠칫 놀랐다.

'무형쾌?'

태사건은 자청강기로 영재들을 밀어내고는 허공을 가로질러 황은령 앞에 내려섰다.

태사건을 직시하는 황은령의 눈에서 원독의 기운이 서슬 퍼렇게 뿜어졌다.

"태사건, 이 원수야!"

"황은령, 그냥 세상 깊숙이 처박혀 살지 그랬느냐?"

"네놈을 토막 낸 후 그렇게 살 생각이다."

"도영은 어디로 빼돌린 것이냐?"

"도영은 신경 쓰지 마라. 네놈의 목을 벨 사람은 나니까."

황은령은 득달같이 달려들며 절대쾌도를 전개했다.

빛도 소리도 없이 날아드는 전설의 쾌도.

태사건은 몸을 빙글 회전시켜 피하며 섭선을 내던졌다.

파악!

태사건 대신 섭선이 동강났다.

황은령은 계속 추격하며 재차 무형쾌를 발출했다. 태사건에게 반격을 기회를 주지 않겠다는 의도였다.

이때 친위무장이 날아들며 태사건에게 천뢰파천도를 건넸
다.

"패도입니다, 전하!"

천뢰파천도를 건넨 친위무장은 무형쾌의 공세 속으로 뛰
어들었다. 친위무장은 무형쾌의 칼날 아래 대번에 동강났다.
그러나 그의 충정 어린 희생 덕분에 천뢰파천도를 쥔 태사건
은 반격의 기회를 잡을 수 있었다.

"독한 계집!"

천뢰파천도를 뽑아 든 태사건은 힘찬 기합을 외치며 내려
쳤다.

고막을 자극하는 우렛소리가 함께 무수한 번갯불이 유성
우처럼 쏟아져 내렸다. 특별한 초식을 구사하지 않아도 수변
십 장 이내를 파괴할 만큼 천뢰파천도는 위력적이었다.

황은령은 일전에 도영을 상대로 천뢰파천도와 대결한 적
이 있었기에 패도가 지닌 위력을 익히 알고 있었다.

'정면 대결은 불리하다.'

쾌도를 회수한 황은령은 뒤로 물러서면서 쏟아지는 번갯
불을 쳐냈다.

차차창—!

날카로운 금속성이 연이어 울려 퍼지는 가운데 조각난 번
갯불이 사위로 비산되면서 주변의 지표가 폭발했다.

전설의 패도와 쾌도의 격돌.

무림사에 드문 대결이 전개되자 양측은 잠시 혈전을 중단한 채 갈라섰다. 이로 인해 황은령은 자연스럽게 백도연맹을 대표하는 존재가 되었다.

태사건은 앞자락을 더듬었다. 언제 베어졌는지 앞섶이 한 뼘 정도 갈라져 있었다.

'역시 무형쾌다. 칼이 날아드는 순간을 전혀 감지할 수 없으니 조심해야겠다.'

황은령은 무형쾌를 통해 전해진 충격을 가라앉히기 위해 진기를 운기했다. 천뢰파천도와 정면으로 충돌하지 않았지만 도기를 막아내면서 상당한 타격을 받은 것이다.

태사건은 애써 여유있는 미소를 지었다.

"실망이구나. 내 목을 베려 왔을 텐데 대결을 회피하는 것이냐?"

"너야말로 달아나지 마라."

"훗훗, 넌 한 가지 모르는 게 있다. 천하 최강의 절기를 보고도 그것을 알아보지 못했으니 너의 어리석음이다."

"……?"

"잘 가라, 황은령."

두 손으로 천뢰파천도를 움켜쥔 태사건은 공력을 운집시켰다. 우렛소리가 더욱 요란해지면서 칼끝을 통해 화려한 번갯불이 피어올랐다.

"받아랏!"

허공으로 솟구친 태사건은 힘차게 천뢰파천도를 내려쳤다.

일순 세상이 빛이 모두 소멸되는 가운데 무수한 칼날이 폭우처럼 쏟아져 내렸다.

초극의 파멸 절기 마극파천황.

일반 병기로 전개돼도 모든 것을 파멸시킬 무서운 절기다. 그것이 천뢰파천도에 의해 펼쳐지자 그 위력은 상상을 초월했다.

황은령은 하늘이 통째로 무너지는 듯한 아찔한 착각에 빠져들었다.

수천 개의 우렛소리에 귀가 멀었고 폭죽처럼 피어오르는 번갯불에 눈이 멀었다. 그런 와중에서 수백, 수천의 칼날이 일시에 내리꽂혔다.

황은령은 비로소 태사건이 펼친 절기를 알아보았다.

'아아, 마극파천황!'

사휘동에서 잠시 견식한 적이 있지만 무형쾌를 손에 쥔 흥분 때문에 그녀는 마극파천황을 간과했었다. 모든 것을 벨 수 있다는 자신감이 그녀의 눈을 멀게 만든 것이다.

그러나 황은령은 마지막까지 무형쾌를 믿었다.

'어떤 절기도 벨 수 있다!'

그녀는 혼신의 진기를 주입해 천뢰파천도와 정면으로 충돌했다.

콰— 콰쾅!

지축을 뒤흔드는 굉음.

눈부신 광휘가 반구형으로 확산되며 주변의 모든 것이 박살 났다. 바닥에 널브러진 시체는 재로 변했고 흥건한 피는 말라 버렸으며 병기는 녹아버렸다.

양측 진영은 삼십 장 밖까지 물러나 있었지만 전설이 담긴 패도와 쾌도의 충돌은 그곳까지 영향을 미쳤다. 양측 진영으로 날아든 칼날이 폭우처럼 쏟아지는 바람에 수백 명이 허무하게 목숨을 잃고 말았다.

격돌의 현장을 휩쓴 먼지바람은 한참 후에야 가라앉았고 그제야 비로소 장내의 상황이 드러났다.

태사건은 용포가 몇 군데 베어졌지만 큰 부상은 없어 보였다. 순간적으로 과도한 진기를 소진해 안색이 다소 창백했지만 내상을 입지는 않았다.

반면 황은령의 몰골은 참담했다.

그녀는 파헤쳐진 구덩이 한쪽에 처박혀 있었다. 박살 난 무형쾌의 파편이 온몸에 박혀 피로 흥건했다.

파괴된 전설의 칼 무형쾌.

황은령의 눈빛은 공허했다.

복수를 이루지 못했다는 상실감이 깊어서인지 몸의 고통도 느끼지 못했다. 자신의 한계가 그저 한탄스러울 뿐이었다.

"이럴 수가……!"

"무형쾌가 파괴되다니!"

백도연맹 측에서 무거운 탄식이 흘러나왔다.

전설의 병기끼리 부딪쳐 무형쾌가 박살 났으니 천뢰파천도의 승리였다. 그것도 태사건의 승리이며 천외마국의 승리이기도 했다.

태사건은 통쾌한 웃음을 터뜨렸다.

"하하핫!"

세상을 밟고 선 절대자로서의 오만에 찬 광소.

백도의 군웅들은 분하지만 그것을 인정할 수밖에 없었다. 군웅들의 사기가 크게 저하되면서 옥쇄의 결의조차 희미해졌다.

태사건은 군웅들을 향해 천뢰파천도를 겨누었다.

"이제 누가 또 본좌와 겨루겠느냐?"

무거운 침묵.

태사건은 한껏 자부심에 젖어 다시 외쳤다.

"본좌와 겨룰 자가 없는 것이냐?"

이때였다. 허공 저편에서 기운 찬 음성이 날아들었다.

"내가 상대해 주겠다!"

두 개의 인영이 마병들 머리 위를 가로질러 장내로 내려섰다.

일남일녀.

청년의 몸에서는 신비로운 서기가 후광처럼 뿜어졌다. 여인의 용모는 단아했고 공작과 같은 기품이 돋보였다.

청년의 출현에 백도연맹 곳곳에서 환호성이 터져 나왔다.

"풍운천호 도영이다!"

"오, 도 대협!"

"도영이 왔다!"

설한지가 반가움에 뛰쳐나가려 하자 엽인걸이 그녀의 손목을 쥐었다.

"지금이 어느 때인데 연애질을 하려는 거야?"

"뭐야? 연애질?"

"상황을 보고 나대라고. 회포는 나중에 풀어도 충분해."

설무형은 도영이 몸에 서린 광휘에 감탄을 금치 못했다.

"저런 후광을 지닌 사람은 아버님 외에 처음이다. 도영이 기연을 얻은 게 분명해."

반면 천외마국 수뇌들은 충격에 젖어 서로를 바라보았다.

태극마공은 잔뜩 인상을 구기며 청목마상을 다그쳤다.

"어찌 된 건가? 도 상공은 죽었다고 하지 않았던가?"

"소신도 영문을 모르겠소. 탈명전광비에 세 곳이나 관통을 당해 죽었다고 확신했는데……."

어느 누구보다 경악한 사람은 태사건이었다. 자신의 손으로 탈명전광비를 날려 죽였기에 마치 귀신을 본 심정이었다.

그는 자신의 눈을 의심했다.

'놈이… 죽지 않았단 말인가?'

도영은 피투성이가 되어 쓰러져 있는 황은령을 안아 들었다.

황은령은 믿기지 않은 표정으로 도영을 빤히 바라보았다.

"벌써 무공을 회복했다니……."

"견딜 만해?"

"난 괜찮아. 놈은 혈훼마후 조사님의 절기인 마극파천황까지 터득했어. 지극히 무서운 파멸 절기이지. 무형쾌가 박살 날 정도로……."

"중요한 것은 병기도 절기도 아니다. 바로 사람이지."

도영은 강문약에게 황은령을 넘겨주었다.

강문약은 황은령의 안색을 세심하게 살피며 물었다.

"괜찮습니까, 소궁주?"

"……?"

황은령은 의아한 눈빛으로 강문약을 주시하다가 눈을 상큼 치켜떴다.

"강문약……?"

"그래요. 강문약이 맞습니다."

"얼굴이 어떻게……?"

"풍진 노선님의 처방 덕분에 절증이 해소되면서 구안괘사가 치료됐습니다."

강문약은 황은령을 안은 채 뒤로 미끄러졌다.

"잠시 견딜 만하면 대결을 지켜보세요."

도영은 태사건과 일 장 거리를 두고 마주 섰다.

"네놈이 천외마국의 국주에 등극했다는 소식을 들었다. 천마성왕을 어찌한 것이냐?"

"전하는 이미 승하하셨다. 나를 계승자로 지목하셨지."

"왜 솔직하게 말하지 못하는 것이냐? 네놈 손으로 살해했다고 말이다."

직답을 회피한 태사건이 화제를 바꾸었다.

"네놈은 한번 죽었으면 됐지 왜 살아난 것이냐?"

"그러기에 확실하게 죽였어야지. 사람을 어설프게 죽이면 원한만 쌓게 된다."

"내 실수를 인정한다. 이번에는 확실하게 죽여주지. 다시는 살아날 수 없게 말이다."

"기회는 공평해야 하지 않겠느냐? 이번에는 내가 네놈을 죽일 차례다."

태사건은 넌지시 그의 감정을 격동시켰다.

"크흣, 그 알량한 야우칠도의 잡기로 말이냐?"

"그것을 원한다면 은천야우칠절식으로 죽여주겠다."

"이번에는 백팔번뇌도를 펼쳐 봐라."

도영은 차가운 조소를 머금었다.

"천뢰파천도를 손에 쥐었다고 너무 자신하는구나! 그저 한 자루 칼인데 말이다."

"한 자루 칼? 무형쾌를 박살 냈으니 천뢰파천도가 사대신병 중 으뜸이다."

"그저 칼일 뿐이다. 그것을 입증한 후 네 목을 베겠다."

태사건은 뒤로 미끄러지며 천뢰파천도를 곧추 세웠다.

"크홋, 같은 놈을 두 번 죽이기도 처음이군. 한데 네놈의 병기는 어디 있는 것이냐?"

"이거다."

도영은 가볍게 손을 쥐었다. 그러자 손아귀를 통해 일곱 자 길이의 기도(氣刀)가 피어올랐다.

이를 본 군기청이 크게 탄복했다.

"오, 저 젊은 나이에 기도라니……!"

기도는 노화순청에 이른 지고한 공력의 소유자만이 펼칠 수 있는 초극의 절예이기에 백도연맹은 환호했고 천외마국은 긴장했다.

태사건의 눈가 근육이 가늘게 떨렸다.

"네놈이 어떻게 기도를……?"

"이것도 그저 한 자루 칼일 뿐이다."

"놈… 건방 떨지 마라!"

태사건은 대각선으로 천뢰파천도를 내리쩍었다.

우르릉!

우렛소리가 작렬하며 번갯불이 폭풍처럼 몰아쳤다.

"폭풍전도!"

도영은 기도를 쳐들어 천뢰파천도와 정면으로 부딪쳤다.

기도에 의해 펼쳐진 야우칠도의 절기는 여명도에 의해 전개되었을 때보다 훨씬 강력하고 패도적이었다.

패도와 기도의 충돌.

꽈아앙—!

어마어마한 굉음과 함께 지반이 파도처럼 너울거렸고, 소용돌이 돌풍이 사위로 퍼져 나갔다.

충돌의 여파가 얼마나 강력했는지 오십 장 밖의 금검성 성벽 일부가 무너져 내렸고 내리꽂히는 번갯불에 지표가 쩍쩍 갈라졌다.

사정권 내에 있다가 돌풍에 휘말린 사람들 수백 명이나 되었고, 번갯불에 적중돼 새까맣게 타버린 사람도 수십 명은 되었다.

태사건은 천뢰파천도를 통해 전해지는 충격에 약간의 내상을 당했다. 그 무엇도 파괴한다는 전설의 칼은 아직도 진동하며 칼 울음소리를 토해냈다.

'이놈… 진짜 초극지경에 이르렀구나!'

도영은 삼 장 뒤로 밀려나 있었다. 두 발은 발목까지 바닥에 박혀 있었고 앞쪽으로 밀려난 자국이 선명했다. 손에 쥔 기도는 천뢰파천도와 충돌하면서 소멸된 상태였다.

자신의 우위를 확신한 태사건이 득의의 웃음을 흘렸다.

"후훗, 기도 따위로 어떻게 전설의 칼을 막아내겠다는 것이냐?"

도영은 약간의 타격을 입었지만 조금도 동요하지 않았다.

　"역시 무리인가?"

　"당연하다. 이제 파멸절기까지 보여주겠다."

　두 손으로 천뢰파천도를 꼬나 쥔 태사건은 최고조의 공력을 운집했다.

　우우웅……!

　천뢰파천도가 요동치면서 우렛소리가 작렬했고, 화려한 번갯불이 하늘까지 뿜어져 올랐다.

　허공으로 둥실 떠오른 태사건은 전신 가득 불꽃을 피워내며 천뢰파천도를 내려쳤다.

　"마극파천황!"

　또다시 펼쳐진 초극의 파멸 절기.

　태사건도 이번에는 전력을 다했기에 앞서 황은령을 상대할 때보다 몇 배는 더 강력한 파멸 절기가 지상을 강타했다.

　빛이 소멸되면서 절대 어둠이 찾아들었다. 시간마저 정지된 듯 소리조차 들려오지 않았다. 어둠 속에서 악귀의 발톱처럼 내리꽂히는 수백, 수천의 칼날.

　이는 밤하늘의 모든 별이 일시에 추락하는 듯한 환상적인 착시였다.

　순간 도영의 몸에서 눈부신 광휘가 발출되었다.

　번— 쩍!

　뇌정혈을 통해 발출된 섬광이 십 장 높이까지 치솟아오르며 도영의 육신은 한 자루 거대한 칼로 화했다.

세상을 통째로 가를 빛의 칼.

태사건은 지상에서 하늘까지 이어진 거대한 칼의 존재 앞에 경악하고 말았다.

'허억! 이… 이것은?'

천뢰파천도는 더 이상 전설의 칼이 아니었다.

거대한 빛의 칼에 부딪친 수백, 수천의 칼날은 속절없이 소멸되었다. 이어 절대적인 어둠이 깨졌고 정지된 시간마저 풀렸다.

순간 거대한 빛의 칼이 일도양단의 기세로 내리꽂혔다.

퍼억!

한 번의 둔탁한 폭음과 함께 천뢰파천도가 산산이 부서졌다. 모든 것을 파괴한다는 전설의 칼이 이렇게 파괴된 것이다.

동시에 빛의 칼에 스친 태사건이 머리서부터 쪼개졌다.

태사건은 처절한 비명을 질러댔지만 그 절규는 죽음 속에 묻혀 버렸다.

사부마저 해치고 천외마국의 국주로 등극해 천세마왕임을 자처했던 태사건. 그의 이름은 천세(千世)가 아니라 단대에 그치고 말았으니 야욕의 허망함이었다.

태사건이 폭사되자 지상에서 하늘까지 이어진 광휘가 스러졌고 거대한 빛의 칼은 도영의 뇌정혈을 통해 스며들었다.

사람들은 비로소 환몽 속에서 깨어났다. 그들이 정신을 차렸을 때는 이미 모든 것이 끝나 있었다.

태사건의 참살에 백도연맹의 군웅 모두가 열광했다.

"와아아!"

"와아, 풍운천호의 승리다!"

"오, 이런 신기가 존재할 줄이야!"

강문약의 부축을 받아 서 있던 황은령이 부르르 전율했다.

"이건… 전설의 심도?"

그녀는 강문약을 돌아보았다.

"도영이 생사심천도를 얻은 겁니까?"

강문약은 의미심장한 미소를 머금으며 우회적으로 대답했다.

"전설의 칼을 격파했으니 도황(刀皇)의 칼을 얻은 듯합니다. 하지만 어떤 칼인지 뭐가 중요하겠어요? 칼보다는 사람이 더 중요하지요."

태사건의 죽음은 천외마국 수뇌들과 마병들에게 있어 도저히 받아들일 수 없는 충격이었다. 천외마국의 국주가 마국을 벗어나 타계한 적이 없기에 그들은 어떻게 대처해야 할지를 몰랐다.

사대마상은 태극마공만을 바라보았다.

서열상 국주 다음가는 최고 수뇌이기에 이제 천외마국의 운명은 그의 결정에 달려 있었다. 그러나 태극마공은 이미 절망한 상태였다.

파멸의 절기를 무산시키고 천뢰파천도를 박살 났으며 태사건마저 쪼갠 도영의 초극 절기에 넋이 빠진 것이다.

태극마공의 얼굴 근육이 세찬 바람에 흔들리듯 푸들푸들 떨렸다.

"퇴… 퇴각하라!"

겨우 한소리를 외친 태극마공은 허공 높이 치솟아올랐다. 어떻게든 자신 한 목숨은 건지겠다는 의도였다.

그러자 도영의 손끝에서 한줄기 기도가 뿜어졌다.

"최소한 두 놈은 죽어야겠다."

번— 쩍!

허공을 가로지른 기도는 한줄기 섬광으로 화해 태극마공을 관통했다.

"크아악!"

처절한 비명과 함께 태극마공은 허공에서 산산이 부서졌다. 육신조차 보존하지 못한 폭사였다.

태극마공을 참살한 기도는 급속히 선회하며 청목마상을 향해 내리꽂혔다. 청목마상은 검을 쳐들어 대항했지만 무기력한 몸부림에 불과했다. 그 역시 육신이 조각나는 참살을 면치 못했다.

태극마공과 청목마상을 연이어 관통한 기도는 도영의 손끝으로 되돌아와 흡수되었다.

이를 본 군기청과 백도연맹의 수뇌들이 동시에 외쳤다.

"어도술(御刀術)!"

그러했다. 초상승 검술인 어검술과 동등한 궁극의 도법 어도술. 그것도 병기가 아니라 기도에 의해 펼쳐진 어도술이니 이는 인간 한계를 넘어선 입신의 경지였다.

천세마왕에 이어 태극마공과 청목마상까지 순식간에 사망하자 마병들은 모래알처럼 흩어졌다. 그 와중에 사대마상도 목숨을 구해 도주했다.

천외마국의 와해!

이백 년 이래 공포와 신비 속에 군림해 온 어둠의 마국이 마침내 패망하였다.

최악의 상황에서 되살아난 무림 정기.

이제 무림은 새로운 시대를 맞이하게 되었다. 잠밀문의 제자 도영에 의해.

終章
여인의 손길

刀皇

도치는 통나무 의자에 우두커니 앉아 있었다.

누군가의 손이 그의 신발을 벗겨주었다. 제멋대로 자란 발톱이며 울퉁불퉁한 발의 뼈는 짐승의 것인 양 흉측했다.

여인은 따뜻한 물에 도치의 발을 담가 섬섬옥수로 도치의 발을 씻겨주었다.

순간 도치는 벼락을 맞은 듯 전율하며 거친 숨을 내쉬었다. 코를 벌름거리며 냄새를 맡은 그는 손을 뻗어 자신의 앞을 더듬었다.

도치의 발을 씻겨주는 여인의 어깨가 잡힌다.

여인을 끌어들인 도치는 턱을 덜덜 떨면서 여인의 체향을 맡았다. 이윽고 상대를 확신한 도치는 한 팔로 여인을 와락 끌어안았다.

"화… 화우… 화우……!"

믿을 수 없게도 도치의 입에서 분명한 말이 흘러나왔다.

눈과 귀가 멀고 기억마저 상실한 그가 마침내 오랜 어둠 속에서 깨어난 것이다.

도치의 품에 안겨 있는 여인은 바로 화우였다. 천외마국이 패망하면서 자유의 몸이 된 비운의 여인.

화후는 눈물을 흘리며 도치의 얼굴을 어루만졌다.

"도 은공… 소첩을 알아보시는 겁니까?"

도치는 고막이 터져 들을 수는 없지만 말을 할 수 있는 기능마저 상실한 것이 아니었다. 그동안은 충격과 기억 상실로 실어증에 걸려 말을 못했을 뿐이다.

이제 화우의 손길과 체향으로 인해 기억이 돌아왔기에 입도 열렸다.

"화우… 당신이었구려! 분명 당신이야!"

도치는 화우의 머리카락에 얼굴을 묻으며 감격의 눈물을 뿌렸다.

도영과 강문약은 한쪽에서 두 사람의 상봉을 지켜보고 있었다. 강문약은 감동에 젖어 연신 눈물을 흘렸지만 도영의 표정은 심드렁하기만 했다.

강문약이 소매로 눈물을 닦으며 물었다.

"사형은… 기쁘지 않으세요?"

"기뻐."

"한데 기쁜 모습이 전혀 아니군요."

"도부가 괘씸해. 기억을 회복했는데도 나는 찾지 않고 화우만을 끌어안고 있잖아?"

도영은 짐짓 토라진 표정으로 돌아섰다.

"방해만 될 뿐이니 우리는 나가자."

잠밀별부를 나선 도영과 강문약은 초지에서 목검을 쥐고 대련하고 있는 두 여인을 바라보았다.

사내처럼 건장한 여인과 머리카락을 늘어뜨려 얼굴 한쪽을 가린 여인.

두 여인은 다름 아닌 구완서와 황은령이었다.

천외마국의 와해되자 황은령도 개심해 혈훼궁 재건을 포기하고 잠밀문의 제자가 된 것이다.

도영이 두 여인의 대련을 물끄러미 바라보자 강문약이 넌지시 물었다.

"은령 사저에게는 언제 속마음을 털어놓을 거예요?"

"내 속마음이 뭔데?"

"제가 그 정도도 눈치채지 못할 것 같아요?"

도영은 실소를 흘리며 강문약의 손을 쥐었다.

"아무리 똑똑한 여인이라도 모르는 게 있군."

"무엇을 말입니까?"

"아니야. 지금은 말 못해. 도부와 화우의 허락을 받아야 하니까."

도영은 구름 한 점 없는 청한 하늘을 올려보았다.

"오늘따라 정단이 보고 싶군."

『도황』終

장영훈 新무협 판타지 소설

절대강호
絶代强虎

보표무적, 일도양단, 마도쟁패, 절대군림에 이은
장영훈의 다섯 번째 강호 이야기.

절대강호(絶代强虎)!!

악의 집합체 사악련에 맞선 정파강호의 상징 신군맹.
신군맹이 키운 비밀병기 십이귀병, 그들 중 최강의 실력을 지닌 적호.

*"우리가 세상을 얻기 위해 자식을 죽일 때…
그는 자식을 위해 세상과 싸우고 있어. 웃기지?"*

신군맹 후계 자리를 차지하기 위한 대공자와 삼공녀의 치열한 암투 속에서
오직 딸을 지키기 위한 적호의 투쟁이 시작된다.

"맹세컨대, 내 딸을 건드리면…
상상도 할 수 없는 일이 벌어질 거야."

Book Publishing CHUNGEORAM

유행이 아닌 자유추구 -
WWW.chungeoram.com

김용희 新무협 판타지 소설

天府天下
천부 천하

강호와 천하를 삼킨 천부(天府).
천부천하를 뒤흔든 게을러빠진 천재가 나타났다!

어떤 무공이든 한눈에 익힐 수 있는 공전절후한 무위,
좌수(左手) 마두, 우수(右手) 대협으로 펼치는 독창적인 무쌍류,
빼어난 요리 실력과 정도를 아는 횡령(?)까지.
놀라운 재능을 가진 무림의 신성 이무쌍!

그가 친우(親友) 소운과 자신의 안락함을 위해 강호에 섰다!
가슴 따뜻한 무쌍의 인정 넘치는 이야기.
천부천하(天府天下)!

Book Publishing CHUNGEORAM

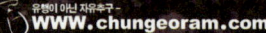

임영기
新무협 판타지 소설

대중원 大中原

강은조(絳隱組)

천룡(天龍)이 지상으로 내려왔다.
구름과 바람과 영웅들이 모여든다.

운종룡풍종호(雲從龍風從虎).

천룡이 가는 곳에 **구름**이 가고,
범이 가는 곳에 **바람**이 간다.

천룡은 구름과 바람을 일으켜
대중원(大中原)을 호령한다.

Book Publishing CHUNGEORAM

유행이 아닌 자유추구 -
WWW.chungeoram.com

Dragon order of FLAME 폭염의 용제

김재한 판타지 장편 소설

「사이킥 위저드」, 「마검전생」의 작가 김재한!
그가 그려내는 새로운 액션 히어로가 찾아온다!

모든 것을 잃고 복수마저 실패했다.
최후의 일격마저 막강한 레드 드래곤 앞에서 무너지고,
죽음을 앞에 둔 그에게 찾아온 또 하나의 기회!

"네 운명에 도박을 걸겠다."

과거에서 다시 눈을 뜬 순간,
머릿속에 레드 드래곤의 영혼이 스며들었을 때,
붉은 화염을 지배하는 용제가 깨어난다!

강철보다 단단한 강체력을 몸에 두른
모든 용족을 다스리는 자, 루그 아스탈!

세상은 그를 '폭염의 용제' 라 부른다!

Book Publishing CHUNGEORAM

유행이 아닌 자유추구 -
WWW. chungeoram.com